「……俺と一之瀬の友達の数を今すぐ同時に増やす方法があるって言いたかったんだよ」
「え……あ……う」
頬を赤くしながら、声にならない声量で
言葉を紡いでは目を忙しなく泳がせる亜弥

柴田 日和
明の彼女。
深月とよく言い合いを
するが仲が良い。
亜弥と友達に
なりたいと思いつつ、
機会を
うかがっている。
田所 明
深月のクラスの
中で唯一の友人であり、
よき理解者。時には
鬱陶しくなることも……
誰とでも仲良くなれる
性格をしている。

月代 深月
目立つことなくひっそり
暮らしていきたいと
考えている少年。
風邪を引いて倒れた
亜弥を介抱したことから
2人だけの特別な関係が
始まって……
一ノ瀬 亜弥
聖女様と呼ばれる学校一の
美少女。深月の前でだけは毒舌で
腹黒い本性を出しているため、
彼からは黒聖女と呼ばれている。
人を寄せ付けない完璧超人と
思われているが、
心を許した人には
感情豊かな面を見せる。
意外と世間知らず。

「個人的にも一之瀬は可愛い女の子だって思ってるよ……
何回も言わせるなよ」
「つ、月代くんがそんな風に思ってくれているなんて
知りませんでした……」
目を合わせようとしない亜弥の頬は
これまでにないほど濃い朱色に染まっていた。

黒聖女様に溺愛されるようになった俺も彼女を溺愛している 1

ときたま

HJ文庫
1047

口絵・本文イラスト　秋乃える

CONTENTS

プロローグ

「あなたのこと嫌《きら》いです」

腰《こし》まで伸《の》びた艶《あで》やかな黒髪《くろかみ》をふわりと浮《う》かせながら一之瀬亜弥《いちのせあや》がはっきりとそう告げた。

——相変わらず、可愛《かわい》い顔して酷《ひど》い奴《やつ》だ。

整った容姿でぷっくりとした桃色《ももいろ》の唇《くちびる》から放たれた言葉に、既《すで》に何度も言われている月《つき》代深月《しろみづき》は大して気に留《と》めることもなく、いつものことだと聞き流す。

それが気に障《さわ》ったようで亜弥が目を細めて睨《にら》んでくる。

見慣れた今ではこれっぽっちも怖《こわ》くないけれど、野暮《やぼ》ったい前髪《まえがみ》の隙間《すきま》から鋭《するど》い目付きで同じように深月も睨み返した。

鋭い瞳《ひとみ》同士がぶつかり火花を散らす。深月と亜弥による戦いが始まった。

そもそもの原因は机に置かれた一つのプリン。スーパーやコンビニで売っている三つでワンセットのプリンを二人で食べ、残った一つを深月が譲《ゆず》る、と言ったことによる。

「どうしてあなたは私を食《く》いしん坊《ぼう》にするんですか」

食い意地を張っている、と思われたことが亜弥は気に食わなかったらしく、頬《ほお》を膨《ふく》らませ、白くて小さな手を丸めて抗議《こうぎ》している。

「食べたそうにしてたから」

「だとしても、これはあなたが買ってきたのだからあなたが食べるべきです」

きっぱりと言い切り、頑《かたく》なに受け取ろうとしない。

だが、もしこれで深月が食べたら亜弥は拗《す》ねる。そういう面倒《めんどう》くさい性格をしていることを深月は知っている。

――食べたいって白状したんだから素直《すなお》になればいいのに。

どうにかして亜弥に食べさせようと考え、深月は誰《だれ》でも思いつく方法を提案した。

「ジャンケンで勝った方が食べることにしよう」

「なぜ私も勝負しないといけないんですか」

「理由言っても拗ねるし、食べても拗ねるから言わない」

「つまり私が食いしん坊だって言いたいんですね！」

半分心を読んできた亜弥に驚《おどろ》き、もう半分の本心は読まれなかったことに安心する。

口うるさく不服を訴《うった》えてくる亜弥を適当に流し、ジャンケンを勝手に進めれば亜弥も釣《つ》られて同じ動きを行った。

結果は、深月がグーで亜弥がチョキ。もうどうしようもなかった。

肩《かた》を落とし、落ち込《こ》みを隠《かく》し切れていない亜弥を横目にプリンの蓋《ふた》を取り外し、スプーンを進入させる。ぷるるん、と揺《ゆ》れる物体を深月が口へ運ぶのを亜弥は物凄《ものすご》く物欲《ものほ》しそうな目で見ていた。

——食べづらいったらありゃしない。

ため息をついた深月は「ん」と自分に向けていたスプーンの先を方向転換《てんかん》し、亜弥に向ける。

「半分こなら文句ないか？」

「……別に、欲《ほ》しいなんて」

「じゃあもう食べるからな」

「い、いただきます！」

観念したように小さく口を開けた亜弥はスプーンに勢いよくパクついた。

柔《やわ》らかくて甘《あま》い食感が口中に広がり、ふにゃりと顔を綻《ほころ》ばせながら美味《おい》しそうに食べる姿に深月は内心で悪態をつく。

——お前を幸せにしたくて買ってきたんだ。さっさとその幸せそうな顔をして満足してくれればいいんだよ。

飲み込んだのを見て、亜弥に向かってもう一度同じようにする。

「ほら、もう一口」

「……あなたのこと、嫌いです……」

「はいはい」

せめてもの抵抗だろうか。

頬を赤くしながらか細い声で紡《つむ》がれる。けれど、甘い物には勝てなかったようで。

──ほんと、素直じゃない奴。

口をもにゅもにゅと動かす亜弥を見ながら深月は学校で聖女様と呼ばれる彼女《かのじょ》と関わるようになったきっかけを思い出す。

一生忘れることのない、出来事だった──。

第1章　降ってきた聖女様

聖女様が降ってきた。

そんな厄介ごとに遭遇《そうぐう》したのは午後の授業が始まってすぐのことだ。

途中《とちゅう》で忘れ物に気付き、教室まで取りに戻《もど》っていた月代深月《つきしろみづき》は一人暮らしをするアパートの隣《となり》の部屋に住んでいる、一度も挨拶《あいさつ》すらしたことがない一之瀬亜弥《いちのせあや》と遭遇《そうぐう》した。

階段の踊《おど》り場《ば》で深月が見上げる、亜弥が見下ろすという形で。

やっぱ可愛いな、と一瞬《いっしゅん》視線が奪《うば》われた。

一之瀬亜弥という女の子を一言で表現するならば、フィクションから現実に飛び出した聖女様、が妥当《だとう》だろう。

作り物のように整った容姿は幼さを残しつつも綺麗《きれい》できめ細やかに手入れされた肌《はだ》は雪のように白い。対して、圧倒的《あっとうてき》な黒さを誇《ほこ》る腰まで伸びた髪《かみ》は艶やかで宇宙のように輝《かがや》いている。

総じて美少女だと評価を受ける彼女はさらに文武両道にもかかわらず、謙虚《けんきょ》で傲《おご》らず、他人に優《やさ》しい性格をしているらしい。

——そりゃ聖女様って呼ばれる訳だ。

クラスが違《ちが》う深月は詳《くわ》しくは知らないが噂《うわさ》を聞くだけなら完璧超人《かんぺきちょうじん》だなと思う。

そんな彼女と同じアパート、しかも、隣の部屋で暮らしていることは誰にも教えず内緒《ないしょ》にしている。

亜弥はモテるのだ。学年問わず、これまでにも沢山《たくさん》の男子が告白しては玉砕《ぎょくさい》してきたと友人から教えられるほどに。

可愛い女の子には無条件で好意を抱《いだ》く、というのが理解出来ない深月には亜弥とどうこうなりたいという考えが一切《いっさい》ない。顔はほとんど合わせないし、たまに合わせても目も合わせずに距離《きょり》を作っている。亜弥も深月と同じようにしているし、お互《たが》い関わるつもりがなかった。

しかし、亜弥に好意を寄せる男子からすれば羨《うらや》ましい状況《じょうきょう》なのは間違《まちが》いない。

亜弥が住んでいるとは知らず、学校に徒歩で通える場所にあり、たまたま空いていたから引《ひ》っ越《こ》した。ただそれだけなのに、勝手に妬《ねた》まれたり恨《うら》まれても面倒だ。

だから、これからも誰にも言わず、亜弥とも関わらない生活を送ろう。

そう決めていたし、今も無視しようと考えていた。どうせ、亜弥も同じようにするだろうと。

けれど、亜弥の様子が少し変で引っかかった。

息が荒《あら》く、苦しそうな表情を浮かべている。その証拠《しょうこ》に、白い頬は朱色《しゅいろ》に染まっていた。

体を右へ左へと揺らし、手すりを握《にぎ》っているが今にも落ちそうで危なっかしい。

「あ」と声を出したのはどっちだったか。考える間もなく、足を踏《ふ》み外《はず》した亜弥が深月目《め》掛《が》けて降ってくる。突然《とつぜん》のことに深月は何も出来ず、亜弥の下敷《したじ》きになりながら廊下《ろうか》に背中を打ち付けた。

「ぐえ」と情けない声と共に食べたばかりの昼食まで出しそうになって慌《あわ》てて飲み込む。

亜弥は大丈夫《だいじょうぶ》だろうか、と体を起こして確認《かくにん》した。

幸い、亜弥が落ちたのは階段の真ん中辺りからだったし深月が下敷きになったため怪我《けが》をした様子はなかった。

しかし、相変わらず苦しそうなままで呼吸は荒い。赤い頬が男子を押《お》し倒《たお》したからではないことは分かる。

「触《さわ》らせてもらうぞ……熱い」

前髪を手で払《はら》い、隠れていた額に手のひらをそっと当てる。伝わる温度はかなり高い。

やはり、亜弥は風邪《かぜ》を引いているようだった。

「……触らない、で、ください」

「あ、ああ。悪い」

小さくてもはっきりと拒絶する声が届いた。意識はあることにホッとしつつ、深月は急いで手を引っ込めた。

「保健室、行こうとしてたのか？」

「……ええ」

「一人で行けそうか？」

「……はい」

――なら、さっさと退《ど》いてほしい。

深月の上でもぞもぞと亜弥が動く。体の自由が奪われているのか動作がゆっくりしている。その度《たび》に柔らかい女の子の感触《かんしょく》が制服越《ご》しに伝わってきて、深月は視線を逸《そ》らした。

こういう時、さっと手を貸せればいいのだろうが亜弥には触らないでと言われたばかり。大して仲良くもない異性に触れられても嫌《いや》なはずなので亜弥が起きるまで待ち続けた。

「……ご迷惑《めいわく》をかけて、すみませんでした」

「気にしなくていいから早く行ってこい」

頭を下げてきた亜弥を手で追い払う。ここから保健室までは近い。一人で行けると言っていたし、もう放っておいてもいいはず――なのだが、覚束《おぼつか》ない足取りの亜弥がどうしても気になってしまった。

もしかするとまた転ぶんじゃないか。そんな風に考えているとすぐに現実になった。

躓《つまず》いた亜弥が前のめりに倒れていくのを深月は腕《うで》を伸ばし、亜弥の手を掴《つか》んで引き寄せる。

――今度は間に合った。

安堵《あんど》しつつ亜弥を見れば倒れると思っていたからだろう。きゅっと目を閉じたまま固まっていた。

「ほんとに大丈夫かよ。先生、呼んでこようか？」

それくらいなら、手を貸したっていいだろう。しかし、亜弥の意志は頑なだった。

「だい、じょう、ぶ、ですから……関わらないでください」

冷たい声で断られる。まるで、近付くなと追い返すように。

「そうは言っても大丈夫そうには見えねえよ」

勿論《もちろん》、深月に亜弥と関わる気なんて一切ない。それでも――。

「……ごめん、なさい」

ついつい強い口調に怒《おこ》られたと思っただろう亜弥が震《ふる》える声で謝《あやま》る姿がどこか泣いてい

るように聞こえてしまって。

――ああ、くそ。関わるつもりなんてなかったのに。

「先に謝る。悪い」

短く、一言だけ口にして深月は亜弥の背中と膝裏《ひざ》を支えるようにして持ち上げた。

世間で言うお姫様《ひめさまだ》抱っこ。少々、不格好ではあるが初めての深月でも可能だったのは亜弥が華奢《きゃしゃ》で小柄《こがら》な体躯《たいく》でもあったからだろう。

本格的に熱に侵《おか》され始めたのか亜弥から返事はなく、暴れられないのは良かったが首に回されるはずの腕に期待出来ないのは残念だった。致《いた》し方《かた》なく、落とさないように体を密着させる。

全身で落とさないようにするため、甘い香りや女の子特有の柔肌《やわはだ》をもう一度強く感じることになったが気にしない。手に違和感《いわかん》も覚えたが無視して保健室へと急いだ。

中にいた養護の先生に事情を説明し、誰も使っていないベッドに亜弥を横にさせてもらう。ここまですれば、深月に出る幕はもうない。辛《つら》そうな表情の亜弥を眺《なが》めているのも悪い気がして、踵《きびす》を返せば弱々しい力に後ろから引っ張られた。

振《ふ》り返《かえ》れば、腰辺りを白くて細い指に掴まれていて、手首、腕と視線で辿《たど》っていけば亜弥と目が合った。

「……待って、ください」

声を出すのも辛いはずなのに引き止めるのは何か言いたいからだろうか。

――なんでもいいや。

今日があったって、明日以降はない。亜弥と関わるのはこれが最初で最後。

だから、これ以上優しくする義理も必要もない。痛めつけないようにそっと離《はな》れれば亜弥の指はいとも容易《たやす》く外れた。

「病人は大人しく寝《ね》てろ。お大事にな」

素っ気なく言い残し、足早に出る。後ろで亜弥が何か言いたそうにしていたが無視した。

どうせもう関わることもないのだから。

あのままにして悪化したら寝覚めが悪い。先生に任せておけば安心だ。

「にしても、保健室に他の生徒が誰もいなくて良かったなぁ」

そんなことを考えながら、もう遅刻《ちこく》して怒られることは確実だから、と深月はゆっくり歩きながら教室に戻った。

「聖女様の話、知ってる？」

「知ってる」

パンを食べながら、頷《うなず》いて答える。あくまでも冷静に。普段《ふだん》と変わらない様子で。

月曜日の昼休み、深月はクラスで唯一《ゆいいつ》の友人である田所明《たどころあきら》と昼食を共にしていた。

「流石《さすが》の深月でも知ってたか。ま、騒然《そうぜん》としてたしな」

そうだな、と答えつつ深月は思い返す。

亜弥を運んだのは金曜日のことだ。放課後には亜弥が風邪で寝込《ねこ》んでいるとクラスの連中から漏《も》れたのか心配の声が所々で聞こえた。

昼までは普通《ふつう》に過ごしていたとのこと。授業中は挙手をして問題に答え、体育では運動部と遜色《そんしょく》のない動きをして活躍《かつやく》してたらしい。

しかし、体に負担をかけ過ぎたのか、午後の授業が始まる直前に顔色が悪いと担任の先生から保健室に行くよう言われたそうだ。

「しっかし、あの聖女様でも風邪を引くんだな」

騒然としていたのは亜弥を心配してだけではなかった。明が言ったように、完璧《かんぺき》超人の聖女様が体調を崩《くず》したことに周囲は驚いていた。

「馬鹿らしいよな。風邪くらい誰だって引いて当たり前なのに」

いくら亜弥が完璧で優秀《ゆうしゅう》な人間であっても、一度も体調を崩さないことはない。

最近、冷えるようになったたし、そこに疲労《ひろう》が加われば誰だって体調を崩しても不思議ではないのだ。

「深月のくせにめっちゃ擁護《ようご》するじゃん」

「くせにってなんだ、くせにって」

「いや、他人なんてどうでもいい、が深月のモットーだろ？」

「別に、モットーにしてる訳じゃないんだが」

それでも、明の言うことは一理あった。

深月はあまり他人に関心がない。一人でいる方が好きだし、友達が欲しいとも思わない。遊びに誘《さそ》われても断るし、話しかけられても適当に相づちするだけで会話は終了《しゅうりょう》する。

だから、クラスでは浮いた存在だった。

「もしかして、好きになっちった？　聖女様のこと」

「ないな。人付き合いが面倒なのに聖女様と付き合いたいとか思うはずないだろ」

「つまんねーの。可愛いと思わねー？」

「可愛くてもだ」

周りと同じ、亜弥を可愛い容姿をした女の子だとは思う。けれど、好意は抱かない。周りと違って。ただそれだけだ。

ニヤリとうざったく口角を上げた明がびしっと箸《はし》の先を向けてくる。

「彼女はいいぞ？」

「それ、何回も聞いた。後、箸を人に向けるな」

「俺《おれ》も彼女《かのじょ》欲しいってならない？」

「これっぽっちも」

「もしも聖女様が彼女だったらって妄想《もうそう》してみ？」

「しない」

将来どうなっているかは知らないが、現時点で彼女を欲しいと思ったことすらない深月は何を言われても冷めたままだった。

「現実じゃ無理だから妄想の中で聖女様を彼女にする奴って結構いるんだけどな」

「何が楽しいのか分からないし、気持ち悪い」

その妄想を現実にしようと亜弥にアプローチする男子は多い。が、好き勝手に妄想の中で恋人《こいびと》にされて、現実にまで影響《えいきょう》をもたらされては本人にとっては迷惑でしかないだろう。

「お前って誠実だよな。普通は現実じゃ無理だから、妄想の中でくらいイチャイチャしたいんだよ」

「二回も言うな、現実じゃ無理だって。刺《さ》されるぞ、彼女持ち」

「だって、現実じゃ無理だろ。誰の告白でも断ってんだからさ、聖女様」

「それを分かってるならますます俺が聖女様を好きになるとは思わないだろ。そもそも、考えてもみろ。今回みたいに聖女様が風邪を引いたとして、俺が看病することになったとしても喜ばれると思うか？」

明は深月が料理洗濯《せんたく》その他諸々《もろもろ》家事全般《ぜんぱん》が苦手なのを知っている。お粥《かゆ》一食まともに作れない深月が病人の看病など無理な話なのだ。

「俺だって深月に看病されたくないわ……彼女がいい」

その納得《なっとく》のされ方には少しイラッとしたが、あり得ない話はもう言ってこないだろう。何を想像しているのか知らないが顔をしかめる明を見ながら、パンの袋《ふくろ》をくしゃくしゃに丸める。誰にも亜弥を保健室まで運んだことを知られていないことに安心しながら。

――なんかいる。

亜弥とはもう関わらない。そう思っていた深月だが放課後に覆《くつがえ》された。

帰宅した深月は本来自分が立つべき場所に同じ学校の制服を着た女の子が立っていて、物陰《ものかげ》に隠れた。俯《うつむ》いたままじっとしている亜弥がこちらに気付いた様子はなく、顔を覗《のぞ》かせて様子を見る。

——じっとしたまま何をしているんだ？

しばらく待っても亜弥が動く気配はなく、意を決して声を掛《か》ける。

「部屋、間違えてるぞ」

突然、声を掛けたからか艶やかな黒髪が乗った肩を跳《は》ねさせ、鋭い視線を亜弥が向けてきた。

「あなたを待っていたんです」

静かな声音《こわね》の亜弥に深月は天井《てんじょう》を見上げ、静かに目を閉じた。

——やっぱりか。

亜弥が待っていることに思い当たる節がある。

実は昨日も夕方に亜弥が訪《おとず》れてきたのだ。インターホンが鳴り、画面から確認すれば亜弥が居て驚いた深月は居留守を使った。一応、心配だったので顔色を窺《うかが》ったりはしたが返事はせずにやり過ごした。

亜弥はすぐに帰ったがその後からずっと何だったんだ、ともやもやしている。

——ほんとに何なんだ。

顔色はすっかり元通りになっているし、学校でも普通にしていたのは喉《のど》に刺さっていた小骨がなくなったようですっきりしたが、無表情のままじっと見てくるので何を考えているのか読めない。

「待たれるような約束した覚えない」

「待たれたくないのなら、昨日居留守なんて使わなければ良かったと思いますよ。私だって待ちたくなかったですし」

抑揚《よくよう》のない声のまま、知られていないはずの居留守まで指摘《してき》されて深月は焦《あせ》り、口を滑《すべ》らせる。

「なんで知って」

「やっぱりですか。見てたんですよ、ずっと。長引かせたくないので。そしたら、どれだけ待っても帰ってこないので居留守を使われたんじゃないかと考えたのですが……最低ですね」

てっきり帰ったと思っていた亜弥は部屋の前か玄関先《げんかん》でずっと待っていたのだろう。

「待ってたってどれくらい」

「三時間ほどですかね。寒かったです」

「寒かったなら帰れよ。まだ病《や》み上がりなんだし」

空の色がオレンジから暗くなるまで待っていたということだろう。

「てか、三時間も待ってたとか怖い」

「あなたのせいじゃないですか」

「悪いのは俺なのか？」

　罪悪感は少しある。けれど、学校で人気の聖女様と接点を持ちたくないのだから当然の反応ではないだろうか。

　そんな風に考える深月に茶封筒《ちゃぶうとう》が差し出された。

「金曜日のお礼です」

「もしかして、これ渡《わた》すために昨日も？」

「そうです。さっさと受け取ってください」

　怒っているのだろうか。お礼という割りには乱暴に押し付けられ、中を確認すれば一枚の福沢諭吉《ふくざわゆきち》が現れた。

「受け取れるか」

　大金を貰《もら》うほど働いた覚えはなく、押し返す。

「足りないということですね。それで、あと何枚足せばいいのですか？」

「量の問題じゃないし財布《さいふ》しまえ。つか、高校生が大金をポンポン出すな。誰かに見られでもしたら危ないだろ」

「では、何を渡せば満足するのですか？」

「何もいらない。受け取るようなことしてないし」

関わらないでくださいと言われたのに勝手に手を貸したのはこっちなのだ。お礼目的ではないし、断固として受け取るつもりはない。

「それより、そこ退いてくれ」

「受け取っていただくまで帰りません」

「しつこいな……邪魔《じゃま》なんだけど」

いい加減にしろ、と遠回しに伝える。そのつもりだった。

しかし、その瞬間《しゅんかん》に亜弥の表情が強張《こわば》って。

「ご、ごめんなさい……」と、酷く震えた声で謝られ、深月は慌てて言葉を変えた。

「いや、今のはお礼とか必要ないってことだから」

どうしてだか分からないが傷付けてしまった。

酷く落ち込んだ亜弥の表情を見れば、一目瞭然《いちもくりょうぜん》だった。

「ほんと気にしなくていいから」

こういう時、どんな言葉を掛ければいいのか分からない。考えるよりも先に深月は行動に出ていた。逃亡《とうぼう》という、最低な方法で。

解錠《かいじょう》した扉《とびら》を開けて、中に入って閉める。それで、切り抜《ぬ》けられる。

「ま、待ってください」

その魂胆《こんたん》は亜弥に手首を掴まれて阻止《そし》された。というより、体に電流が走ったような痛みに襲《おそ》われて出来なかった。

「ど、どうしたのですか？」

廊下にうずくまれば亜弥が驚いたのが空気を伝って分かった。

「なんでもない」と答えたがそれが嘘《うそ》だということはすぐに見抜《みぬ》かれるだろう。

実際、苦痛に顔を歪《ゆが》めてしまっているし、何より引き止めるためとはいえ亜弥の力はほとんど入っていなかった。なのに、額に汗《あせ》まで垂らしてしまえばこうなった原因がどこにあるかはすぐに察してしまうはずだ。

「失礼します」

案の定、制服の袖《そで》をめくられ、青紫色《あおむらさきいろ》に変色した男子としては細い手首を見られた。

「……これ、私のせいですよね」

――ああ、隠し通せたと思ったのに。気付かれるとか最悪。

亜弥の重たくなった声音を聞いて、深月はしくじったことを後悔《こうかい》する。

金曜日の夜、手首に痛みが生じた。原因は、昼間に亜弥の下敷きになったことだと思う。

それでも、物も持てたし、ズキズキと少し痛む程度だった。

だから、何も処置せずに放置していると痛みは治まることなく酷くなる一方だった。

「違うから、そんな泣きそうな顔するな」

「ですが……そうだ。病院。病院に行きましょう」

「行く必要ない。そのうち治るから」

深月にもその考えはあった。けど、もし包帯でも巻かれ目立てば亜弥に気付かれる可能性が高くなる。そうなれば、彼女は自分を責めてしまうのではないかと考え、腰を上げなかった。

「お前のせいじゃないから。それに、痛くなんて……ないし」

悔《く》いるよう唇を噛《か》む亜弥をどうにかしたくて深月は痛みを我慢《がまん》して、手を突《つ》いて立つ。

「ほらな。大丈夫だし、お前のせいじゃないから。関わらないでくれ」

詳しくは分からないが骨が折れているとは思えず、せいぜい捻挫《ねんざ》か打撲《だぼく》だろう。

責任を取れと言うつもりもなく、気にもしてほしくなくて深月はもう終わりだと切り上げる。

「関わりたいとは思いません。ですが、このまま帰ることは絶対出来ません」

言い切った亜弥は深月の部屋の扉をいきなり開けだした。

「手当てしたいのでお邪魔させてもらいます」

「言う前に開けるなよ……何事かと思ったわ」

気が急《せ》いているのだろう。痛めていない方の手を亜弥に引っ張られる。

「……断りたいんだけど、いいか」

「駄目《だめ》です。救急車呼んでもいいならいいです」

「たかが手首の捻挫か打撲くらいじゃ来てくれないだろ」

それでも、無理にでも断れば本当に電話しそうな勢いの亜弥に抵抗《ていこう》は無意味だと観念させられる。

「地獄《じごく》を見ても知らないからな」

最後の抵抗で口にした深月に亜弥はきょとんとするだけだったがすぐにその意味を理解したようだ。

深月と共に、リビングに入れば足場も少ない部屋の惨状《さんじょう》が視界に飛び込んできたのだから。

「泥棒《どろぼう》にでも入られたんですか？」

床《ゆか》には雑誌や衣類などが放置されていて、亜弥が困惑《こんわく》するのも無理がない。

「だとしたら、騒《さわ》ぎになってるだろ」

平然として深月は答えた。これが当たり前だというように。

家が比較的裕福《ひかくてきゆうふく》なこともあり、立地的防犯的に親に決められたこのアパートは一人で暮らすには広い1LDKで慣れるまでに時間を要した。けれど、高校生になると同時に始めた一人暮らしも慣れた今では自由気ままな生活を送っている。

故に、掃除《そうじ》など滅多《めった》にしていなかった。

「きったな……いですね」

「え、なんて？」

「いえ、なんとも。物凄く物凄ーく生活しづらそうだなと」

——誤魔化《ごまか》そうとしてるけど、最後に付け足したよな？

聖女様の口から出た棘《とげ》のある言葉に耳を疑ったがはぐらかされた。

「住めば都だぞ」

「さっき自分で地獄とか言ってたじゃないですか」

それについては無言を貫《つらぬ》き、深月はソファに腰《こし》掛《か》けた。

——早く帰ってくれないかなあ。

呆《あき》れながら部屋の中を見渡《みわた》す亜弥は時々、引いたような声を出している。

「冷やす物はありますか？」

「ない」

　運動部を辞《や》めた深月に怪我に備えた物を置いておく考えはなく、あるのはせいぜい風邪薬や絆創膏《ばんそうこう》くらい。

「ちゃんと生活出来てます？」

「暮らし始めて風邪とか引いたことない」

「嫌味《いやみ》ですか？」

「事実を言っただけだ」

「そうですか。あなたは無意識に嫌味を言う方なんですね」

　どうしてだか攻撃的《こうげきてき》な亜弥に学校で見かける聖女様とは全然違う印象を抱く。

「一度帰るのでお風呂《ふろ》に入っておいてください」

「戻ってくるのかよ」

「私のせいですから」

　じっと亜弥に見つめられる。鋭い視線は何を意味しているのか。

　考えようによっては、熱い視線を送られていることになるがそれはないと断言できるので深月も変にドキドキしなかった。問い詰《つ》められるようで緊張《きんちょう》はしているけれど。

「居留守なんて使わないでくださいよ」

昨日のことを根に持っているのだろう。チクリと釘《くぎ》を刺すように言った亜弥は躓きそうになりながら部屋を出ていった。

「とりあえず、風呂入るか」

ひとまず、亜弥に言われたように風呂の準備をする。

入浴に時間をかけない深月はいつもより時間をかけながら綺麗になってソファに座《すわ》りなおした。

することもなく、暇《ひま》だ。テレビをつけても興味を惹《ひ》かれるものはなく、すぐに消した。温まったこともあり、ボーッとしている間にいつの間にかうたた寝していた深月はチャイムの音で目を覚ました。時間を確認すれば二時間が経過していて外が暗くなっている。

「本当に戻ってきた……」

――夢なら良かったのに。

あくびをしながら、重たい足取りで迎《むか》えに出れば夜風に髪を靡《なび》かせる亜弥がいた。

艶やかな黒髪に電光が混じれば夜空に浮かぶ星を包み込む宇宙のようで吸《す》い込まれるように輝いて見える。

うっかり綺麗だ、と言いそうになって深月は堪《こら》えた。そんな恥《は》ずかしいこと言えない。

「確認しないなんて不用心ではないですか」

「お前だって分かってたし」

「それでも、危険だと思いますけど……」

もっともな言い分だが、聖女様に限って何も心配いらないだろう。そもそも、何か企《たくら》んでいるのならそんな心配はしないはずだ。

反省の色を見せない深月に亜弥は不服気な眼差《まなざ》しを向ける。

「やっぱり、月代くんは嫌味な方です」

ぷっくりと頬を膨らませる姿に思わず深月は固まった。不意打ちだった。

不思議そうに首を傾《かし》げた亜弥が聞いてくる。

「どうしたのですか？」

「いや、名前覚えられていたんだと」

「言ったそばからですか。隣に住んでいるのだから当然でしょう。記憶力《きおくりょく》、悪い方ではないので」

馬鹿にされた、と怒《いか》りを覗かせる亜弥だが仕方ないだろう。

今まで関わりもなく、深月は亜弥みたいに有名でもないのだ。言い難《がた》い気持ちになる。

「まあ、下の名前までは知りませんけど」

バッサリと一刀両断するように言われ、納得した。そりゃそうだろう、と。

軽口を叩《たた》きあったが本来の目的は手当てだ。

玄関先でのやり取りもほどほどにして、中に入った亜弥は早速《さっそく》取り掛かっていた。

「痛みますか？」

「……それなりには」

知られた上では強がったところで意味がなく、素直《すなお》に打ち明ける。隠してはいたがかなり痛い。今日一日、利《き》き手《て》を使えていないほど。

——てゆーか、距離が近い。

持参した包帯を巻いてくれる亜弥は意識していないのか膝同士が当たる距離に居る。

「随分《ずいぶん》手慣れてるな。保健委員だからか？」

「一人で生きていくのだから誰《だれ》にも頼《たよ》らなくて済むようにしているだけです」

知識として勉強したのか練習したのか、亜弥の手際はかなりのものだ。優しく丁寧に、正確に処置してくれている。

「それより、よく知っていましたね。私が保健委員だってこと」

「有名だからな」

亜弥が聖女様として有名になったのは保健委員になってからだ。それまでも、めちゃくちゃ可愛《かわい》い子がいると有名だったが聖女様とは呼ばれていなかった。

彼女に手当てしてもらうと怪我が一瞬《いっしゅん》で治ってしまう、などという面白《おもしろ》い噂を流した誰かが呼び始め広まったのがきっかけ。現在進行形でない話だと体験しているが、学校にはその噂を本気にして亜弥に接触《せっしょく》するために自ら怪我をする人もいるとかいないとか。

——本当にそんな奴《やつ》がいるなら病院行った方がいいと思うけどな。

「そうですか。どうでもいいですけど」

興味がないのか集中しているのか、顔を上げずに素っ気なく亜弥は言い放つ。

真剣《しんけん》な態度を見れば、どうしてここまでしてくれるんだろうと疑問を抱いた。

普通、万が一のことを考えれば関わったことのない異性の家に上がってまで手当てをしようとはならないだろう。こんなに可愛い容姿をしているのだから己の身を案じた方が良い。

だというのに、こうしてくれているんだからよっぽど気に病んだのだろう。

加えて、深月の態度が亜弥に無関心だから少しは安心されているのかもしれない。

——かなり責任感じてるんだな。ここまでしてくれなくていいのに。

綺麗に巻かれた包帯の上から亜弥が手を乗せた。亜弥の手は小さく、ひんやりとしている。体温が低い方なのだろうか。冷たくて気持ちいいが体温が上がりそうだった。

「終わりました」

「どうも」

とにもかくにも、これで本当に亜弥との関わりも終わりだろう。

「どうぞ、食べてください」

「え、なにこれ」

早く帰ってもらおう、と考えていた深月の目の前で入れ物に入ったカレーが机に置かれた。それだけでなく、まるで不思議なポケットのように亜弥が持ってきていたカバンの中からご飯やサラダ、スプーンまでもが並んでいき戸惑《とまど》いを隠《かく》せない。

「今日のあなたの晩ご飯です。片手が使えないのだから料理出来ないでしょう。まあ、普段からしているようには見えませんけど」

亜弥の視線がキッチンへと向けられる。

深月は料理が苦手で自炊《じすい》をほとんどせずに外食や弁当ばかり食べている。

だから、キッチンには調理した痕跡《こんせき》がなく弁当やカップ麺《めん》のゴミがあり、それらを見られていて用意してくれたのだろう。

「食べていいのか?」

「私が作ったのが嫌だと言うのなら持ち帰りますのでご自由に」

「そういう潔癖《けっぺき》さはないから食べていいか」

「でしょうね。こんな汚《きたな》い部屋で暮らしていて綺麗《きれいず》好きとか耳を疑います。ほんと、数ヶ月でどうしてここまで汚《よご》せるのか」

「いちいち、一言多いんだよなあ」

「すみませんね、口うるさくて」

「なんで逆ギレするんだよ……」

ムッとした様子で蓋《ふた》を開けてくれた亜弥。食べていいということだろう。

香《こう》ばしい匂《にお》いが鼻を突《つ》き抜け、一気に食欲が押し寄せてきた。

亜弥の料理の腕は未知数だが、失敗しているようには見えないしとにかく美味《おい》しそうだ。心なしか輝《かがや》いて見えるような気がする。

ゴクリ、と喉が鳴り早く食せと脳が命令してくる。なのに、スプーンを持った手が動かない。

「なに固まってるんですか。毒なんて入れてませんよ」

「うん、そんな心配はしてないけどな」

「じゃあ、なんですか。食べさせてなんてあげませんよ。お断りです。鼻に詰めますよ」

「言ってないのに無茶苦茶《むちゃくちゃ》言ってくるな。物騒《ぶっそう》だし」

思い込《こ》みのくせに怪訝《けげん》な目を向けてくる亜弥に呆れて答える。

「じゃなくて、料理もするんだと思って」

「一人で生きていくのだから――」

「わかったわかった。いただきます」

耳が痛い話を繰《く》り返《かえ》されそうで強制的に会話を切り上げ、カレーを頬張《ほおば》った。

形よく切られた野菜の味が活《い》かされたカレーは亜弥がそうなのか甘《あま》い味付けが目立つ。

基本、辛いものでも大丈夫な深月には少々物足りなさも感じるが白米を口にすると気にならない。むしろ、カレーには米派にとって完璧な組み合わせだった。それに、大好物の鶏肉《とりにく》まで入っていてスプーンを動かす手が止まらない。

「めちゃくちゃ美味しい。なんだこれ」

「ただのカレーですよ」

「ただのじゃないだろ。めちゃくちゃ美味《うま》いぞ」

「それはもう聞きました……急いで作ったのですがお口に合ったのなら良かったです」

「ほんとに一之瀬が作ったんだよなあ」

「他に誰がいるのですか」

「だよなあ」

手当てされただけでも信じられないのに、こうして手料理まで食べられたのは亜弥の下敷きになって頭を打ってずっと夢を見ているんじゃなかと思うほど現実味がない。

初めて食べた同年代の女の子の手料理が亜弥だということが拍車《はくしゃ》をかけている。

「レトルトの方がいいのなら持ってきますけど」

「お前の手作りの方が美味いからこっちがいい」

「……そんなに気に入ったのですか？」

「マジで美味しいからな」

外食も手料理と言えば範囲《はんい》に含《ふく》まれるが、家庭的な味と呼ぶには遠い存在だ。

しばらく、家庭的な味を食べていなかった深月にとって亜弥の手料理は久しぶりに食べた理想の食事だった。もっとも、それを抜いても亜弥の料理スキルは確実に高いと思うが。

語彙《ごい》力が少なく、同じ言葉でしか感想を言えないがチラッと見た亜弥が微笑《ほほえ》みを浮《う》かべていて、深月の手がピタリと止まった。

いつも、学校では聖女様として誰に対しても変わらない同じ笑顔《えがお》で接している亜弥をどこか作り物のように感じていた。

しかし、今は違《ちが》う。何がどうと説明出来ないが、うっすらとだが桃色《ももいろ》の唇《くちびる》に弧《こ》を描《えが》く姿は本当に笑っているような気がしてならない。聖女様とはいえ、料理を褒《ほ》められるのは嬉《うれ》しいらしい。

――こんな風に笑うんだな。

思えば、隣《となり》に越してから数ヶ月もの間、一度も関わることなく過ごしてきて、初めて亜弥の笑顔を見た気がする。

「ジロジロ見てなんですか。気分が悪い」

無意識の内に視線が奪《うば》われていた。すぐにこれまでの感情の読めない表情に戻《もど》り、睨《にら》んできた亜弥に深月は前を向く。

――可愛いのに可愛くない。特に口が。

確かに、ジロジロ見てしまったのは申し訳ないが鼻の下を伸《の》ばしただらしない顔で見ていた訳ではないのだ。少しくらい、許してくれたっていいだろう。それほどの美貌《びぼう》があるのだから。

「別に、いつまでいるのか疑問に思っただけだ」

容姿しか可愛くない亜弥に可愛いとは言わず、そもそもそんな間柄《あいだがら》ですらないのだから言う必要もなく思っていたことを口にすれば亜弥の表情が夕方と同じように強張った。

「……お邪魔、ですか？」

「そうじゃなくてだな」

ここまで優《やさ》しくされて、邪魔だとは伝えにくい。それに、小柄で大人しい亜弥は深月が苦手とする騒がしいタイプの人種とは真逆で邪魔ではないのだ。落ち着かないし、早く帰ってほしいのは事実だが。

まるで、邪魔だと言われるのを恐《おそ》れているように見えた亜弥は深月が首を横に振れば取り繕《つくろ》う暇もなく表情を戻した。

――邪魔って言われたくないんだろうな。なんでかは知らないけど。

別に、深月にどう思われたって亜弥はいいのだろう。それは、容赦《ようしゃ》なく毒舌《どくぜつ》を吐《は》いてくることから予想出来る。深月だって同じだからでもある。

だから、邪魔という単語そのものに亜弥は何か嫌《いや》な思いがあるのだろう。

――あんな顔、もう見たくないし気を付けよう。

好きで女の子を傷付ける趣味《しゅみ》はないが、必要以上に亜弥に優しくするつもりもない。

それでも、そう思えたのは苦手だからだ。微妙《びみょう》な間柄の傷付いた人が近くにいるのは居《い》心地《ごこち》が悪くて。

「一人で食べるのが悪いなって思ったんだよ」

「それは、一緒《いっしょ》に食事がしたいという意味ですか」

今になって、借りてきた猫《ねこ》のように警戒《けいかい》してソファの端《はし》まで逃《に》げた亜弥に苦笑《くしょう》する。

その反応はもっと早くするべきだ。何も手出しするつもりなんて微塵《みじん》もないが。

「でしょうね。見ていて伝わってきます。一人で食べているのが申し訳ないと思っているのでしょう」

「分かってるなら確認《かくにん》するな。そもそも、そう言っただろ。自意識過剰《かじょう》か？」

「一応ですよ。もし、誘っているつもりなら返事は必要でしょうから。お断りの」

この状況《じょうきょう》は仕方なく起きている。お互《たが》いに特別な感情は芽生えてないし、これを機に交流を深めようとも考えてない。

だから、一緒に食事をすることなんて起こりえないと分かっているはずなのに。

「お前と話してると胃がむかむかする」

「それを伝えてくるあなたに私は苛立《いらだ》ちを覚えます」

「なら、早く帰ればいいだろ」

「ご安心を。食べ終えたらすぐに帰りますので。というか、喉を詰まらせない程度に早く食べてくれませんかね」

「味わってるんだから好きにさせろ。てか、入れ物なら洗って返すから安心してお帰りください」

苛立ってるくせに残る理由はそれくらいしか思い浮かばず、早く帰ってほしいのと全て任せきりというのも悪いと思えば、亜弥は小馬鹿にするように鼻で笑った。

「片手で綺麗《きれい》に汚れが落とせると思っているのですか？　洗い物、普段からやっていないことが丸分かりですね。いいですか。洗い物というのはですね――」

やたらと饒舌《じょうぜつ》になって洗い物講座を始めた亜弥。洗剤《せんざい》がどうやらスポンジがどうやらを楽しそうに語るが深月には全く面白味《おもしろみ》のない話なので聞き流す。

――熟練の主婦みたいだな。随分と小さくて若いけど。

意気《いき》揚々《ようよう》とする姿を見て、他の家事も得意なんだろうなと想像する。

埃《ほこり》の一つでも落ちていたら怒り出しそうな亜弥に将来聖女様の旦那《だんな》になる奴は大変だなと合唱して舌鼓《したつづみ》を打った。


「ごちそうさまでした」

「それでは、私はこれで」

終わりは実にあっさりだった。さっさと荷物を回収した亜弥は部屋を出ていく。

数秒で亜弥は部屋に着けるが、一応夜ということもあり深月も後に続いた。

「絶対安静。約束ですからね」

「分かったって。何度も言わんでいい」

人差し指を立てながら言い聞かせてくる亜弥に頷く。

利き手をスムーズに動かせない状態で無茶《むちゃ》をしようとは思わない。

――てか、約束なんて意味ないだろ。もう関わらないのに。

そんな風に考えていた深月に告げられた一言は衝撃《しょうげき》だった。

「明日も同じ時間に伺《うかが》うので居留守はなしでお願いします」

「そんな話、聞いてない」

「初めて言いましたからね」

「来なくていい」

「完治するまでは通います」

つまり、明後日《あさって》もその先も来るらしい。すっごく迷惑《めいわく》な優しさだった。

「そこまでしてくれなくていい」

「します。悪いのは私ですから。それに、借りを作りたくないですから」

「借りとか何も考えてないって」

「男の人は信用なりませんので」

淡々《たんたん》と答えたのはこれまでにも似たようなことがあったからだろう。

恩を売って、美少女に近付こうとするのはモテない男子の常套《じょうとう》手段だ。クラスでもお近付きになるための手段の一つとして話しているのを耳にしたことがある。

「信じなくていいけど、ほんとに気にしてないから。俺にもっと力があって受け止められたら良かっただけだし」

フィクションの世界なら、颯爽《さっそう》とヒロインを助けて恋《こい》に発展するのだろう。

しかし、現実ではそうはならない。自堕落《じだらく》な生活を続け、筋力も衰《おとろ》えた深月は助けるというよりただ何も出来ず下敷《したじ》きになり、逆に怪我《けが》をして負い目を感じさせている。

――改めて考えると格好悪いな。

苦笑していると亜弥が頰《ほお》をうっすらと赤く染めていた。

「どうした？」

「な、なんでもありません。さようなら」

慌《あわ》てて背中を向けた亜弥が扉を勢いよく閉める。

「何だったんだ？」

微《かす》かに亜弥の香りが残ったリビングに戻っても何も思い当たらず、深月は首を傾げる。

――態度がころころ変わるよく分からない奴だ。

深月は亜弥のことを全然知らない。だから、耳にした噂《うわさ》だけで彼女《かのじょ》を構築していた。

誰にでも優しく、控《ひか》えめな態度で一緒にいるだけで幸せにしてくれる聖女様。

しかし、その実態は違っていた。優しいだけでなく容赦なく毒舌を吐いてくるし、控えめでもない。一緒にいて、気疲《きづか》れしたし混乱もした。幸せにはならなかった。

そんな不思議な聖女様が明日からも家にやって来る、らしい。

「面倒《めんどう》なことになった」

気を重たくして呟《つぶや》いた。明日からどうしよう。

翌日、約束した時間丁度にやって来た亜弥を部屋に招き入れ、深月は昨日と同じように手当てをされていた。

「包帯までする必要ある？」

「どうしてですか？」

「目立ってしょうがないんだよ」

朝から明には驚かれ、クラスメイトからは訝《いぶか》し気《げ》な視線を送られた。

重たいものを支えきれなかった、と原因を聞いてきた明にだけは嘘《うそ》をつけばゲラゲラと笑われるようになったが誤魔化すことには成功した。けれど、目立ちたくない深月にとって視線を集めることになった息苦しい一日だった。

「そんなの私が知ったことではないので」

考える余地もなく、亜弥は締《し》め上げるように力強く包帯を巻く。

「痛い痛い痛い」

「ああ、すみません。ついつい力が強くなっちゃいました」

「昨日今日で下手《へた》になりすぎだろ⁉」

素晴《すば》らしい亜弥の手腕《しゅわん》はどこへいったのか。なんとなく雑だった。

「これで少しは懲《こ》りましたか」

「何を言ってるのか分からない」

質問の意図が分からず、亜弥が頬を膨《ふく》らませても深月には伝わらない。

「今朝、私のこと避《さ》けたじゃないですか」

指摘《してき》され、記憶《きおく》を手繰《たぐ》り思い出した。

それは、学校での一幕のこと。トイレから出た深月は移動教室に向かう集団に囲まれる亜弥と遭遇《そうぐう》した。利き手に亜弥が視線を向けてきて、反射的に深月はトイレに引っ込んだ。わざわざトイレと口にして。

昨日言った、絶対安静を深月が守っているか亜弥は確認したかったのだろう。

なのに、あからさまに避けてしまったから腹を立てて、反省させるために手当てを雑にしてきているらしい。

――わざとやってんのかコイツ。なんてひどい奴だ。

「その仕返しって嫌な奴だな」

「どの口が物を言うんですか」

「しょうがないだろ。お前に注目を浴びるイコールあの場にいた全員から注目を浴びることになるんだから」

こうして誰にも見られない家でだけなら亜弥と多少の縁《えん》を結んでもいい。どうせ、すぐ終わるだろうから。けれど、学校では今まで通り無関係でいると決めているのだ。深月の中で。

「変な公式を立てないでください」

「だって、ほんとのことだし。……無視したのは悪かった」

「ほんとに思ってるんですか?」

「疑い深いなあ」

「悪いと思ってるようには見えないので。男の人は口だけですし」

尋問《じんもん》されるかのように綺麗な瞳《ひとみ》にじっと見られる。

「思ってるよ。無視された側の気持ちがどういうものかも分かるし」

逃げないように目を見返しながら答えれば、亜弥の瞼《まぶた》が閉じられる。

納得《なっとく》したということだろう。証拠《しょうこ》に、今日もまた入れ物が机に並べられていく。

「……ああは言いましたが、別に避けないでくださいという意味ではないですから。気になってるから見てしまっただけですし、今後は見ないようにしますから。安静にしていたようですし、継続《けいぞく》してくれたらそれで」

「一刻も早く治りたいからな。安心していい」

長引けば長引くほど、亜弥との日々も長くなる。一日でも早く終わらせるためにも深月が安静にしている方がお互いのためになるのだ。

「けど、まあ気になるならお前は好きにしたらいい。治るまでは続くんだし覚悟《かくご》する」

どうせしばらくの間だけなのだ。完治するまで我慢して好きにやらせた方が亜弥も満足するだろう。そうして、思い残すことなく終わった方が気兼《きが》ねなく元通りに戻れる。

そう考え直していれば、亜弥は複雑そうな表情を浮かべていた。

「覚悟って大袈裟《おおげさ》な気がします」

「相手がお前なんだ。必要だろ」

勿論《もちろん》、亜弥がどうというより、人気の聖女様と関わった時の周りの反応にだが説明はしなくていいだろう。亜弥を可愛い女の子だと褒める必要はないのだから。

「後悔することになっても知りませんよ？」

「何するつもりだよ」

苦笑すれば、亜弥は冗談《じょうだん》で言ったらしく渋《しぶ》い顔をするだけで答えは返ってこなかった。

その代わり、さっきから気になっていた包み紙に巻かれた入れ物の中身が知れた。

「コロッケだったのか」

「中にはナポリタンを入れています」

「スゲエ！」

柄《がら》にもなく、テンションが上がったのはコロッケが大好物だからではなく、家で母親が作っていたのよりも格段に綺麗な焦《こ》げ目《め》をしたものを亜弥が作ったからである。

コロッケの調理過程はなかなかに難しく、料理が苦手な母親はよく焦がし最終的には精肉店で買うことが多くなった。そのことから、コロッケは素人《しろうと》が作れるものじゃないと信じていた深月はナポリタンを中に入れるという超難易度《ちょうなんいど》を攻略《こうりゃく》した亜弥に感動した。

「これなら片手でも食べやすいでしょう」

言われた通り、コロッケを包んでいるのは耐油紙《たいゆし》らしく問題なく手で掴《つか》める。

昨日から、口は達者で言葉は辛辣《しんらつ》な毒舌の持ち主である亜弥が誰にでも優しい聖女様だと言われていることがいまいち信じられずにいたが、こういうさり気ない気遣《きづか》いを感じると信憑性《しんぴょうせい》が高まってしまう。

「あ、そうだ。ちょっと待ってろ」

飲み物の用意までしてくれる亜弥に言って席を立つ。

昨夜、亜弥が帰ってから用意しておいた明から譲《ゆず》ってもらった雑誌を差し出すと亜弥はきょとんと目を丸くして、深月と雑誌を交互《こうご》に見比べた。

「どうせ、今日も食べ終わるまでいるんだろ？」

「そのつもりですが」

「だったら、それ読んでろ。暇潰《ひまつぶ》しになるから」

「はあ」

空気が漏《も》れたような間抜《まぬ》けな声が亜弥から漏れる。

「それが嫌ならテレビでもいい」

「……何を企んでいるのですか」

警戒するように鋭《するど》い視線を飛ばしてくる亜弥に深月は正直に教えた。

「お前、俺《おれ》が食べてる間ずっと見てくるだろ。なんでか知らないけどそれの防止策」

あまりにも美味しい手料理を食べていれば、自然と頬が緩《ゆる》むのは当然で何度も緩めているのを亜弥に見られていた。

気付かれないようになのかチラチラと横目で見てくるだけだったがバレバレだった。

よっぽど自信があったのか、見抜かれていたと知って亜弥の頬がうっすらと赤くなる。

「まあ、自分は食べないでじっとしてるのって暇だと思うからさ、適当に時間潰《つぶ》しててくれ。せっかくの絶品料理を満足いくまで堪能《たんのう》したいし」

美少女に見つめられるのがご褒美《ほうび》だと考える人もいるが深月には気が散るだけのこと。

少年漫画誌《まんが》が亜弥のお眼鏡《めがね》に適《かな》うかどうかは分からないがファッション誌などはないので楽しませてくれることに期待して、亜弥がどうするかと確認すれば。

亜弥は雑誌に視線をじっと落としてから、おずおずと持ち上げた。

「……これ、読んでみます」

淡《あわ》く色付いた頬を隠すためか、鼻の位置まで持ち上げて目線だけを上目に向けてくる亜弥に深月は思わず言葉を詰まらせた。

亜弥と雑誌の組み合わせは似合っていない。なのに、そこに生じた照れが組み合わさるだけで雑誌が霞《かす》んで見えるほど亜弥が可愛く見えてしまう。

ただ、次の瞬間《しゅんかん》にはいつも通りの無表情に近いものに戻っていた。

「どうかしました？」

「あ、いや。なるべく急《いそ》いで食べるから」

「ゆっくりで大丈夫《だいじょうぶ》です。詰まらせたら大変ですから」

「……そうだな」

よく分からない変化に戸惑ったが元に戻ればただの憎《にく》むに憎めない存在だ。

静かに読書を始めた亜弥から少しだけ距離《きょり》を空けて座り直し、コロッケに噛み付いた。

少し冷めてはいるがザクッと衣《ころも》独特の音を聞きながら、ナポリタンを楽しむ。健康志向のためなのか、味は薄《うす》めだがツルツルとした麺と衣の相性《あいしょう》は想像以上に良くて一個目をあっという間に平らげた。

「めちゃくちゃ美味しい」

「どうも」

「店で出したら絶対バカ売れするな」

「そんなことありません」

「俺は毎日通うけどなあ」

「栄養が偏《かたよ》るので帰ってもらいます」

「酷《ひど》い店員だ」

相変わらず態度は素っ気ないままだが、亜弥の口元には笑《え》みが浮かんでいる。

それが、安堵《あんど》からなのか雑誌に集中してなのかは分からないが、横目に捉《とら》えながら深月は二個目に手を伸ばした。

油が多いと胃もたれしたり、気持ち悪くなったりする中、亜弥のコロッケには少しもそんなことは起こらず、幸せな気分に浸《ひた》ったまま完食すれば、隣から「きゃっ」と可愛らしい悲鳴が聞こえてきた。

合わせていた手を離《はな》して目を向ければ、亜弥が頬をリンゴみたいに真っ赤にさせて雑誌を閉じていた。

「どうした？」

「こ、これ！」

見せられたのはヒロインの胸に主人公の手が触《ふ》れている一コマ。フィクションの世界では頻繁《ひんぱん》に起こりそうなアクシデント、あるいはラッキースケベを目《ま》の当たりにして亜弥は恥ずかしくなってしまったらしい。

「それが、どうかした？」

「な、なんでもありません」

そういったことに免疫《めんえき》がないのか、涙目《なみだめ》になるほど亜弥は恥じていて、もじもじと体を動かしている。

——なんか、周りが好きになるのも分かったかも。

容姿が整っているだけで好意を抱《いだ》くまでに至る男子に深月は共感出来ない。

亜弥が可愛いのは事実だが、せいぜい見るだけの観賞用の聖女様で十分と捉えていた。

けれど、今の姿は今どきの女子高生からすれば初過《うぶ》ぎな気もするが、女の子らしく魅力《みりよく》的《てき》で男心をくすぐられても仕方ないのかもしれないと思った。

「苦手なら読まなきゃいいんじゃないか」

「そ、そうします」

食べ終わった報告を忘れて提案をしてしまえば、亜弥は素直にページを飛ばして続きを読み始めた。なので、深月は暇な時間を持て余す。

そしたら、また悲鳴が聞こえてきてさっきと同じ動きを亜弥がしていた。

どうやら、同じようなシーンが載っていたらしい。

――いや、俺にどうしろと⁉

涙《なみだ》を滲《にじ》ませた目で恨《うら》みがましく見てくる亜弥に苦笑しながら、可愛いな、と深月はひそかに頬を緩ませた。

「色々と助かった。これ、数日分の食費とか諸々《もろもろ》のお礼」

深月の手首が完治したのは数日後のことだった。

その間、甲斐甲斐《かいがい》しく聖女様がお世話してくれたおかげで痛みは完全になくなり、亜弥も箸《はし》を使って食事する深月を見て安心していた。

「原因は私だから結構です。それに、お金なんて受け取れません」

「どの口が言うんだよ」

完治したということは、手当てされる日々も終わるということだ。後になって、ややこしくならないために貯金していた福沢諭吉《ふくざわゆきち》を一枚入れた封筒《ふうとう》を渡《わた》そうとすれば押《お》し返された。

自分を思い返してか、申し訳なさそうに亜弥が瞳を伏《ふ》せているのでそのままにする。

少しは思い知らせることが出来ただろう。お金を渡されても困るだけだと。

「本当に助かった。ありがとな」

「……私の方こそ、あの時は助かりました。怪我をさせてすみませんでした」

「もうそれはいいって。そうするためにこの数日があったんだしさ。てかさ、今更《いまさら》だけど一之瀬は怪我とかしてないよな？」

散々お世話され、実は亜弥も怪我をしていましたじゃ釣《つ》り合わない。

その不安は亜弥が頷《うなず》いてくれたおかげでなくなった。

「一之瀬が無事なら俺も手首を犠牲《ぎせい》にした甲斐があったって誇《ほこ》れるしさ、もうこの件で謝《あやま》るのはなしな」

「……ふふ。なんですか、それ」

クスリ、と笑う姿は安堵した時のものとはまた違っていて、柔《やわ》らかい。種類が違う、初めての笑顔はやはり魅力的で深月は頬が熱くなるのを感じた。

「ま、まあ、体調悪いなら学校は休めってことだ。無理して大事になっても大変だし、次からは手を貸さないからな」

「次はなし、ですか」

信じようとせず、疑いの目を向けてくる亜弥にもしやと思い聞いてみる。

「これを機にあわよくばでも狙《ねら》ってる、とか考えてるのか？」

どうやら図星だったらしく、亜弥は慌ただしく目を泳がせ始めた。

「自意識過剰もほどほどにしとけよ」

「しょ、しょうがないじゃないですか。今まではそうだったんですから。むしろ、月代くんが変なんです」

「そう言われても、一之瀬が可愛くて美人でもそれ止まりだからな」

頻繁に言い寄られている亜弥からすれば深月の方が変わっているのだろうが、この数日で心に何も湧《わ》かなかったのだから仕方がない。

——可愛いとは思うから変とまでは言われたくないけど。

理由は分からないが頬を赤くした亜弥を見れば、可愛いとは思うので男の子的な何かは健在だろう。

「気ばっかり張るくらいなら最初から無視すればいいんじゃないか。いちいち相手するのも面倒だろ」

「……難しいんです、色々と」

「面倒だとは思ってるんだな」

「あっ」

薄々《うすうす》感じてはいたが聖女様にも煩《わずら》わしいと思うことはあるらしい。

——そうじゃないと毒舌にはならないか。

うっかり口を滑《すべ》らせて急いで手で口元を覆《おお》う亜弥を見て納得していれば、聞かれたくなかったようでジトッとした目を向けられる。

「誰にも言わないから安心しろ」

「……あなたのこと、嫌《きら》いです」

「そうそう。そうやってはっきり言ってやればいいんだよ」

「……言っときますけど、練習じゃないですから。本音ですから」

「……何なら、スルースキルでも教えようか。目も合わせずに何事も断っとけば、人は寄ってこないぞ」

どうしてだか嫌われてしまったので普段《ふだん》から深月が実践《じっせん》していることを教える。

優しくしてみたが、呆《あき》れられたので逆効果だったらしい。

「それを教えられたところで私が実践するとでも？」

「出来てたら、今頃《いまごろ》聖女様とは呼ばれてないか」

「ほんとーに嫌味《いやみ》ばかり言いますね。嫌いです」

どうやら、聖女様と呼ばれるのは苦手なようだ。拗《す》ねたみたいにそっぽを向く亜弥に深月は思う。毒舌で口撃《こうげき》的で腹黒い、聖女様の仮面をまとった黒聖女だと。

——うん、こっちの方がしっくりくる。

言い分にイラッとさせられることもあるが、亜弥の素を知れば普通《ふつう》の女の子だ。

だからって、どうにもならないが何故《なぜ》だか深月は誰《だれ》も知らないであろう秘密を知った気がして口角を上げた。

「とにかく、用もないのに関わったりしないから心配しなくていいよ。これまで通り、なーんにもないから」

両手を広げて言ってみせれば、亜弥は気まずそうにぎこちない笑みを浮かべた。


その日の晩、ベッドに入った深月は目を閉じるとここ数日の記憶を思い返した。

全てが突然《とつぜん》始まった、聖女様による手当ての日々。色々なことがあった。

言い合いもしたし、理不尽《りふじん》な目にも遭《あ》わされた。腹も立ったし、ムカつきもした。

だから、今度こそ。本当に。もう関わることはないと思うと安堵する。

その一方で、あの絶品手料理を味わえないことやあの可愛《かわい》らしい笑顔を見られないのはほんの少しだけ、残念でもある。

「って、何を浸ってるんだか」

馬鹿らしくなって鼻で笑う。こんなこと、誰に言っても信じてもらえないだろう。

そもそも、別れ際に亜弥と約束したのだ。二人の秘密にすることに。むず痒《がゆ》くても誰にも話すつもりはない。嫉妬《しっと》されても面倒だから。

――これからも関わることのないお隣さんだ。

そう言い聞かせ、案外楽しかった亜弥との数日間を記憶の奥《おく》にしまって、閉じ込めた。

第2章 聖女様と友達になる？

あの夢のようで、確かにあった現実感のない聖女様——もとい、黒聖女と過ごした日々から数日、深月《みづき》の生活は以前の自由気ままな自堕落生活に戻《もど》り、何も変わらない日々を過ごしていた。

いや、少しだけその日常に追加されたことがあった。

「何を買ったのですか……って、今日の晩ご飯、それですか？」

「見るなよ、いやらしい」

こうして、亜弥《あや》と会話することだ。

もう関わらない、と決めていた深月は亜弥に話しかけるつもりはなかった。

てっきり、亜弥もそのつもりなんだと思っていたが、アパートで顔を合わせれば会釈《えしゃく》されるようになり、極稀《ごくまれ》にだがこうして声も掛《か》けられるようになった。

学校では顔をばったり合わせてもお互い無視してすれ違うだけだが、誰にも見られないこの空間でだけは深月も受け答えするようにしている。

「ほんと、そんな食事ばかりでよく体調崩《くず》しませんね」

スーパーで買ってきたばかりのカップ麺《めん》やスナック菓子《がし》が入った袋《ふくろ》を後ろに隠《かく》せば、亜弥はほんのりと眉《まゆ》を寄せた。

深月としても、料理出来るならそうしている。美味《おい》しいものを食べるのは好きだから。

けれど、母親と同じで苦手なものは苦手なのだ。

「前回の件で思い知っただろ。栄養を補給していても風邪《かぜ》を引くし、していなくても風邪を引かない奴《やつ》もいるんだよ。てか、お前は栄養の前にもっと量を食べた方がいいぞ。軽くてビックリした」

小柄《こがら》で華奢《きゃしゃ》な体躯《たいく》の亜弥は見た目よりも軽かった。一部、女の子特有の発育は確認出来るものの手足は細く、納得せざるを得ないがどれくらい食べているのかと心配にもなる。

また風邪を引かれて危険な目に遭われても困るので言えば、亜弥はぷるぷると体を震《ふる》わせていた。白くて小さい手を丸めながら、睨んでくる姿は今にも飛び掛かってきそうだ。

「ほ、ほんっっっとにあなたは失礼なことばかり言いますね！」

「重たいとは言ってないだろ」

「軽い重いの問題ではありません。デリカシーの問題です。嫌いです！」

どうやら焼いてはいけないお節介《せっかい》だったらしい。

過去一でご立腹の亜弥はそのまま帰っていった。

「……人の買い物袋《ぶくろ》の中見るのもデリカシーに欠けてると思うんだけどなあ」

誰もいない廊下《ろうか》で呟いたところで今更遅《いまさらおそ》かった。

喧嘩《けんか》別れした二人が顔を再び合わせることになったのはその日の晩だった。

沸《わ》いた湯をカップ麺に注ぎ、三分待っていると来客を知らせる電子音が鳴り、こんな時間に誰だとモニターを確認すれば、美しい黒髪《くろかみ》の美少女がいた。

「何かあったのか？」

あれだけ怒《おこ》っていたすぐ後で、理由もなしに訪《おとず》れてくるとは思えない。文句でも言いに来たのだろうか。

扉《とびら》を開けて聞いてみれば、まだ怒っているのか亜弥は不服そうな目を向けてくる。

何度か見かけたことがある、見慣れた制服ではなくラフな格好をしている亜弥に対して目のやり場に微妙に困ってしまった。

黙《だま》って待っていると少しだけ視線をさ迷わせてから亜弥が両手を前に突《つ》き出してきた。

「作りすぎたので、良かったらどうぞ」

差し出されたそれは、肉と野菜がぎゅうぎゅうに詰《つ》まった入れ物だった。

お裾《すそ》分《わ》けに来てくれた、ということだろうか。

「作りすぎたなら、明日に回せばいいんじゃ？」

「ここは、素直《すなお》に受け取っておく場面だと思いますよ。食生活悪いんですから」

言い返す言葉が見つからず、手に乗せられた入れ物に視線を落とす。

恐らく、亜弥は深月の食生活を気にしてお裾分けをくれた。素っ気ない態度は素直に心配だからと言えば、深月に気を遣《つか》わせるのではないかと考えているからだろう。

完璧《かんぺき》な作戦だと思い込《こ》んでいるのか、亜弥は得意気な表情をしている。

――考えてること筒抜《つつぬ》けなんだよなあ、さっきの今でだし。

もっと時間が空いてからなら深月も素直に信じられた。けれど、この短期間では亜弥の単純な考えなどお見通しである。だから、どうしたもんかなあ、と中身を見ながら悩《なや》んでしまう。

正直、また食べられるのはとても嬉《うれ》しい。けど、このまま受け取っていいものか。

「……食べていいのか？」

「そうしてくれると助かります。作りすぎたので」

あくまでも作りすぎたから、で通したいらしい。

「じゃあ、ありがたく貰《もら》うよ」

それなら、騙《だま》されたふりをして頂戴《ちょうだい》してもいいだろう。

満足そうに頷いて頭を下げた亜弥はもう用もないらしく、背中を向ける。

遠退《とおの》いていく小さな背中に深月はあることを思い出し、待ったと声を掛けた。

きょとんと目を丸くしながら振《ふ》り返《かえ》った亜弥にもう一度待ってて、と言い残し深月は急いで部屋に戻《もど》る。十一月上旬《じょうじゅん》でまだ暖かいとはいえ、夜空の下にいつまでも女の子を待たせる訳にもいかず、亜弥からのお恵《めぐ》みを大事に机に置いて冷蔵庫を開ける。そこから、ある物を取り出してもう一度外に出た。

亜弥は律儀《りちぎ》にその場を動かず待っていた。

「これ、お礼」

「プリン、ですか」

「デザートに買っておいたんだ。持っていってくれ」

「悪いですよ。楽しみにしてたんじゃないですか？」

「いいんだって。一之瀬《いちのせ》の料理食べられる方が嬉しいから。それに、貰うだけなのは気が引けるし」

亜弥の手に乗せて強引《ごういん》に受け取らせる。冷えてしまったのか、この前よりも冷たい手の感触《かんしょく》に僅《わず》かながらにドキッとしたものの、亜弥は困っていて気付かれずに済んだ。

目を回しているが美少女とプリン、という組み合わせは亜弥を一際可愛く映《ば》えさせた。

思わず、実年齢《じつねんれい》より幼く見えてしまい頬を緩ませていると今度は気付かれてしまい、亜弥が頬を膨らませた。

「なんだか、不愉快《ふゆかい》なこと考えられている気がします」

「そんなことない。全然ない」

疑《うたぐ》り深《ぶか》い視線は夕方のことを根に持っているからだろうか。

「夕方は悪かったな。そのお詫《わ》びって訳じゃないけどそれも含《ふく》めて貰ってくれ」

「気にしてないからもういいです。そもそも、もやしのあなたに言われたところでどの口が言ってんだって話ですし」

「やっぱり、根に持ってるだろ、お前」

とぼける亜弥はぷいっとそっぽを向いた。それから、ぼそりと呟く。

「……本当に貰っていいのですか？」

変に気を遣わない、遣わせないためにも貸し借りはなしの方がいい。

恩返しを望まないのは同じで、深月が頷けば亜弥はうっすらと口角を上げた。

プリンに視線を落とした目元が柔らかくなっている。甘《あま》い物が好きなのかもしれない。

「……ありがとう、ございます」

「あ、ああ。いや、俺の方こそありがと」

微笑《ほほえ》みを向けてきた亜弥に深月は咄嗟《とっさ》に視線を逸《そ》らした。むず痒い。

「てか、急に来るからてっきり文句でも言いに来たのか、困ったことでも起きたのかと思ったぞ」

どうにもこそばゆい胸の内をどうにかしたくて、そんなことを言って落ち着かせる。

「文句言うためだけにわざわざ会いに来るとか、迷惑過ぎるご近所さんになった覚えはありません。言ったところで言い合いになってむかむかするだけでしょうし。それに、困ったことがあっても頼《たよ》ったりしません」

「あ、はい。そうですか」

「それでは、さようなら」

照れ隠ししたのを後悔《こうかい》するほど、亜弥の態度は可愛げのないものに戻っていた。

おかげで深月の胸の内も冷静を取り戻したが、今度は悔《くや》しい気分になりながら亜弥を見送った。

「げっ、伸《の》びてる……」

部屋に戻ってからキッチンを見て嘆《なげ》いた。

突然の来訪者に忘れていたが、カップラーメンを作っている途中《とちゅう》だった。

麺は伸びに伸び、スープの量は減っていて、食べなくても不味《まず》いと分かる。亜弥の肉野菜炒《いた》めがなければ今日は最悪の気分で終わっていただろう。

「一之瀬のせいでもあるけどおかげでもあるんだよな……美味《うま》い」

最悪のカップラーメンと最高の肉野菜炒めを食べ比べながら呟く。

この前までは、手料理も含めて手当ての一環《いっかん》だと気にしていなかったが今日は違《ちが》う。

深月のことを考えて、作ってきてくれたのだ。

そこに、特別な感情が存在するとは思わないが深月は腹だけでなく胸まで満たされた気がした。


「……何、してるんですか？」

「帰ってくるの待ってた」

翌日の放課後、授業が終わってすぐに帰宅した深月は玄関《げんかん》の扉に背中を預けながら亜弥が帰宅するのを待っていた。

目的は、洗った入れ物を亜弥に返すためである。

「昨日のも、美味かったです。ありがと」

おれを伝えながら、訝し気な視線を浮《う》かべていた亜弥に入れ物を渡す。

「ちゃんと綺麗《きれい》にしたんですね」

「当たり前だ。食べるだけ食べてそのまま返すとか失礼だろ」

納得してもらうため、何度も洗い直したのだ。文句は言われないだろうし、言われたくない。

「あなたが礼儀《れいぎ》を語りますか。嫌味ばかり言うくせに」

「俺に対して辛辣過ぎない？」

「正しい判断と認識《にんしき》です」

つん、と言い切った亜弥に深月は思わずため息を溢《こぼ》した。

どう考えても亜弥の方が嫌味を言ってくるし失礼だと思う。今だって、帰ってからすればいいはずなのに指の腹で入れ物の底をなぞりながら汚《よご》れがないか確認《かくにん》している。深月の目の前でだ。

——納得いかないよな。どうでもいいけどさ。

本人的には意識してないようだが、余計に質《たち》が悪いと言い聞かせてやりたい。数倍になって言い返されそうでしないけど。

「ま、それだけだから」

「はい、さようなら」

余計なことはせず、用も済んだので別れる。

それから、数時間後。昨日と同じ時間にまた亜弥が訪れてきた。

「はい、どうぞ」

深月の目線より低い位置にある黒髪を揺《ゆ》らしながら、亜弥が入れ物を差し出す。

「また作りすぎたのか？」

「ええ。ですので、どうぞ」

一応、受け取るもののずっしりと感じる重みに深月は疑問を抱く。

好意を抱かれているとは万が一にもあり得ないし、むしろ嫌悪《けんお》感を抱かれている方だと思う。深月も都合よく考えるほど馬鹿ではない。単に心配してくれているからだろう。

だが、それだけで、ここまでしてくれるだろうか。

「今日はお返し何もない」

「食《く》いしん坊《ぼう》アピールしてるはずないじゃないですか。お返しとか望んでないですし」

「なのに、貰っていいのか」

「……ご迷惑《めいわく》なら、やめますけど」

ただの厚意《こうい》からでもされる方は恩着せがましく感じてしまうことがある。

亜弥だってそうだった。だから、申し訳なさそうに瞳を伏せている。

――ああ、こいつはただ優《やさ》しいだけなんだ。

その姿勢が深月にそう思わせ、気付けば首を横に振っていた。亜弥が瞳を開く。

「いや、ありがたいよ。スッゲー助かるしさ」

可能なら、お金を払《はら》ってでも毎日頼《たの》みたいほど深月は亜弥の料理の虜《とりこ》になっている。

ただ、一方的なのが嫌《いや》なのだ。お互《たが》いがお互いのためにならないと悪い。

だから、何も返せないこの状況《じょうきょう》で受け取るのは渋っていたが甘えることに決めた。

「ありがたく貰うけどさ、一之瀬は大丈夫か？」

「お金のことなら気にしなくて大丈夫です。料理するのも好きですし、ついでですから」

「いや、そのことじゃないけど……ていうか、作りすぎはどこいった？」

やはり、作りすぎではなく、深月の分もわざわざ亜弥は用意してくれているらしい。

口を滑らせてくれたおかげで知れたが、深月の不安はそこじゃない。

「な、なしです。今のなしです。作りすぎを気にしないで済んで嬉しいです」

両手を振りながら、慌《あわ》てて訂正《ていせい》する亜弥が何を言っているのか今一つ分からない。

けれど、追及《ついきゅう》はしない方がいいだろう。見ていて可哀想《かわいそう》になってくるほど両手を必死に振っているし。

「分かったから落ち着け。俺は何も聞いてない」

「うう。そ、それで、何を聞きたいのですか？」

「その、言いにくいんだけどさ、俺に優しくして彼氏《かれし》と問題起きたりしないのかって」

亜弥ほどの魅力的な女の子はそうそういない。だからこそ、彼氏は亜弥のことを物凄《ものすご》く大切にしているはずだ。

そんな亜弥が特別な感情はなくとも、隣《となり》に住む異性に手料理を渡していると知れば嫌な気持ちになるのではないか。そうして、二人の間に亀裂《きれつ》が入って、深月に飛び火するのではないかと考えているのだ。

この際、亜弥が悲しい思いさえしなければどうでもいいが、亜弥が悲しむ原因にはなりたくない。

「優しさではなく、余ったおかずを渡しているだけです。あと、私に彼氏はいません」

「あ、そうなのか。意外だけど、安心したわ」

「どうして意外なのですか」

「あれだけモテていたらいるものだと思うだろ」

「すべて断っているはずですが」

「他校っていう可能性があるだろ」

亜弥が告白された回数は噂《うわさ》だけでも両手の指じゃ足りないほどだ。

その全てが実らなかったのは、既《すで》に素敵《すてき》な彼氏がいるからだと考えていたが違ったらしい。

「世界のどこにもいませんよ、彼氏なんて。作る気もないですし」

こうしている亜弥は聖女様とは程遠《ほどとお》い、人間味溢《あふ》れる女の子だが学校では違う。聖女様と呼ばれていて、男子からは特に人気で好意を寄せられている。

「そもそも、男の人は全員苦手ですから。女の人もですが」

本気を出せば、好き放題選び放題出来そうで勿体《もったい》ない気もするが苦手なら仕方ないだろう。

深月だって、恋愛《れんあい》に興味がないのだから人のことに口出ししたりしない。

「異性は分かるけど、同性もなんだな」

「色々あるんですよ。時と場合によれば、彼女《かのじょ》らの方が扱《あつか》い難しいですし」

聖女様にも人知れない苦労があるらしい。濁《にご》った顔色を覗《のぞ》かせた亜弥からはそれがどれほどのものなのか計り知れなかった。

「そういう訳ですから、何を心配していたのかは知りませんが色恋沙汰《いろこいざた》に関してあなたが気にする必要はありません。考えるだけでも吐《は》き気《け》がしますが、もし彼氏なんて存在がいれば男の子の家にほいほい上がったりもしないですから」

本当に亜弥は男という存在が苦手なのだろう。言葉の節々から棘《とげ》を感じる。

「それに、私なんかが誰かを幸せに出来るなんてないですしね」

　愁《うれ》いを帯びたまま、自虐的《じぎゃくてき》に呟《つぶや》いた亜弥からはあまり自分を良く思っていないことが伝わってきた。

「俺は幸せだけどな」

「……意外ですね。てっきり、私のことは嫌いだと思っていました」

「嫌いじゃないし、むしろ、好きだぞ」

「……へっ⁉」

　素《す》っ頓狂《とんきょう》な声を上げ、亜弥が大きく目を見開いた。雪のように白い頰《ほお》に赤色が徐々《じょじょ》に浮かび上がっていく。

「きゅ、急に何を言い出すんですか」

「素直な気持ちを打ち明けただけだ」

「そ、それって、私のことが――」

　口ごもり、しどろもどろになっている亜弥に深月は首を傾《かし》げた。

「言っとくけど、嘘《うそ》じゃない。お前は心の底からいい人だって思うからな。好感を抱く」

　世間話をする仲でもない隣人《りんじん》の不摂生《ふせっせい》を気にして、お裾分けをくれる亜弥はどうしようもないお人好《ひとよ》しで善人だ。煩わしくさせられることもあるが嫌いにはなれないし、恋愛的な意味ではなくても好意を抱いている。

「な、なんだ。そういう意味ですか。月代《つきしろ》くんも誤解してるのではないかと思いました」

「誤解……ああ。俺のこと好きなんじゃないかって？」

「ええ。そんな気があれば今すぐ返してもらうので答えてください。してますか、誤解」

「いいや。あり得ないだろ」

「ええ、あり得ません」

可能性皆無《かいむ》な返答に納得《なっとく》しかなかった。

亜弥は恋愛に興味がないようだが、優秀《ゆうしゅう》な人は優秀な人同士が結ばれる方がお似合いだ。完璧超人《かんぺきちょうじん》の亜弥が自堕落《じだらく》で不摂生を極めている深月に好意を抱いているなど、考える方が失礼だろう。

「分かっているなら、それはそのままお持ち帰りください」

無事におかずを死守出来たことに安堵する。

「少しは信頼《しんらい》してくれてるんだな」

「信頼というより、恋愛的な興味を私に抱いていないので相手にしていて楽です」

「モテるのは自覚してるんだな」

「あれだけ告白されたら嫌でも自覚しますよ。他人のあなたから見てもそう思うのですから、当然でしょう。自分の容姿が整っていることやどういった視線を向けられているか気付けないほど鈍《にぶ》くはないですし」

「ふうん。で、俺《おれ》はそんなことないと」

「ええ。だから、変に気を張らずに済んでいます」

それで、深月には素で接しているということだろう。

「一応、俺も男だけどな」

「月代くんも男……ぷっ」

どうしてだか鼻で笑われた。腹が立つ。

「もやしを卒業してから言ってくださいね」

「おい。可哀想なものを見るような目を向けるな」

クスクスと楽しそうに笑う亜弥は実に愉快《ゆかい》そうだ。

「ついつい長話してしまいましたね。また明日」

「明日も持ってきてくれるのか？」

「あなたの生活に干渉《かんしょう》する気はないですが、不摂生な生活は見過ごせないのですよ」

あなたが悪いんですからね、とでも言いたげに人差し指の先を向けられる。

「だから、私はモヤモヤを解消したいがために自己満足で好き勝手やるので月代くんは何も考えずに残り物を処理してください。くれぐれも言っておきますけど、仲良くなりたいとかはないので勘違《かんちが》いしないでくださいね」

「釘《くぎ》を刺《さ》さなくてもしないよ」

いい人だとは思うけれど、友達《ともだち》までの関係にはなりたくない。現状で十分である。だから、亜弥はモヤモヤ解消のため、深月は絶品料理を食べたいためだけにお隣さんとして関わるだけだ。

「俺が一之瀬にするのは感謝だけ。寝《ね》る前には壁《かべ》に向かって手を合わせてから寝るよ」

「やめてください……気持ち悪い」

「……はい」

肩《かた》を抱きながらおぞましいものを見るような亜弥に深月は少しショックを受けた。

やはり、仲良くはなれない気がする。


手当ての日々が終わり、今度はお裾分けを貰う日々が始まった。

その結果、深月の食生活は劇的に改善され、不健康そうな顔付きも多少はましになったらしく、明《あきら》から食生活を見直して偉《えら》いと褒《ほ》められた。その称賛《しょうさん》は亜弥にこそ相応《ふさわ》しいが正直に話せるはずもなく、適当に相手して誤魔化《ごまか》した。

しかし、実際に亜弥のおかげで深月は毎日充実《じゅうじつ》した生活を送っていた。

健康志向なのか、亜弥の手料理は薄《うす》い味付けのものが多い。それでも、白米が欲《ほ》しくなる味ばかりでチンして食べられるご飯を用意したり、休みの日には炊飯器《すいはんき》を稼働《かどう》させたりしている。

だから、自分では気付かなかったが顔色がましになったのだと思う。

そして、今日は日曜日。休みの日は学校から帰ってくる亜弥を待ち伏《ま》せ《ぶ》出来ない。

ということで、昼過ぎに亜弥の部屋を訪れていた。まだ自分から亜弥の部屋を訪ねるのは昨日と今日の二回だけで少しばかり緊張《きんちょう》を伴《ともな》いながら、インターホンを鳴らした。

『はい』

「俺だけど」

『オレオレ詐欺《さぎ》は受け付けていません』

「……月代だけど」

『見えているので知っています』

——なら、確認してないでさっさと出て来い。てか、昨日もしただろ、このやり取り。

少し待っていてくださいと言った亜弥の顔を拝むため、言われた通りにしながら思う。

こういうちょっとしたやり取りが気兼《きが》ねなく出来るようになったのが微妙《びみょう》にくすぐったく感じていると扉が開いた。漂《ただよ》ってきた甘い香りの花に包まれた気がする。

「呼び出すのなら、きちんと自分の名前を伝える。昨日、言ったはずですよ」

「お前がオレオレ詐欺に引っかからないか確認してやったんだ、感謝しろよ」

出合《であ》い頭《がしら》に憎《にく》まれ口《ぐち》を叩《たた》きあうのももはや恒例《こうれい》行事となっていた。

「昨日のもめっちゃ美味かった。ありがと」

入れ物を返しつつ、お礼を告げる。

深月は貰う時と返す時、必ず礼を言うようにしている。夫婦《ふうふ》に亀裂が生じるのは互いへの感謝を忘れてからだと聞くからだ。別に、亜弥とは夫婦ではないが、感謝していることは事実だし、亜弥がほんのりと嬉しそうに口角を上げるので実行している。

「毎度、ご丁寧《ていねい》にどうも。今日の分もいつもの時間で大丈夫《だいじょうぶ》ですか？」

「うん、お願いします」

すっかり作り過ぎたから、という言い訳を亜弥は口にしなくなったが気付いていないふりをしてやり過ごしている。

貰えるのが当然だと思い込むのは図々《ずうずう》しい気がしてならないが、餌付《えづ》けされているようでついつい今晩の内容は何だろうかと考えながら、期待した。既に胃袋《いぶくろ》を掴《つか》まれている自覚はあるので以前の食生活に戻ればさぞ苦しむことになるだろう。

「それでは、また後ほど」

「あ、ちょっといいか？」

「好き嫌いは受け付けていませんが。アレルギーがあるなら教えてください」

「アレルギーはないし、どれも美味いから問題ない。そうじゃなくて、掃除《そうじ》を楽にする方法があれば教えてほしくてさ。何かある？」

「そうですね。お引《ひ》っ越《こ》しするのが一番だと思いますよ」

「容赦《ようしゃ》ないな。もっと他にあるだろ」

自分でやっておいてなんだが、物が散乱した状態で食事をするのはあまり容認《ようにん》出来なかった。

料理が絶品でも、食べる環境《かんきょう》が悪ければ質を落とすという。

せっかく、亜弥からお裾分けを貰っていて、本来なら食べられるはずのない料理の味を自ら落としたくはない。だから、この機会に部屋を綺麗にしようかと重い腰《こし》を上げたのだが物がごちゃごちゃとした現状を見て、早速《さっそく》折れかかっていた。

「地道に片付ける以外にありません」

「それだと今日中に終わらないだろ」

性格上、今日中に終わらないと続きはいつになるか分からない。

「教えてもらっている立場でよくもまあ文句ばかり言えますね」

呆れてため息を漏《も》らした亜弥は軽蔑《けいべつ》した眼差《まなざ》しを向けながら口を開いた。

「手伝うのは今回限りですからね」

言い残して、扉の奥へと消えていった亜弥に深月はポカンと口を開けた。

手伝ってほしくて助言を頼んだ訳ではない。普段から、整理《せいり》整頓《せいとん》してそうだと思ったから頼んだのだ。なのに、想定していた返事と何もかも違っていて間抜《まぬ》けな顔をしていたら、亜弥が出てきた。手当ての時に、包帯や入れ物を入れていたカバンを手にしながら。

「手伝ってくれるのか？」

「アドバイスしても無意味だと知っていますので」

鍵《かぎ》を閉めるため、背中しか見えないが恐《おそ》らく真顔で言っているのだろう。

亜弥の中で、深月はどうしようもない人認定《にんてい》されているらしく、つい肩身《かたみ》が狭《せま》く感じてしまった。

「ありがたいけどさ、この前から男の家に簡単に上がりすぎだ。もうちょい警戒《けいかい》しろ」

無論、色々お世話になっている恩人の亜弥に手を出そうなどとは考えないが、いささか警戒心《けいかいしん》が疎《おろそ》かではないだろうか。いくら、細くてもやしだと言われている深月でも亜弥くらいの華奢な女の子に力負けはしないのだから。

「今更《いまさら》、あなた相手に警戒も何も必要ないでしょう。必要なら、こうして話してはいません」

遠回しに信頼している、と言われているようで深月としては複雑な気持ちになる。

「それでも、ほいほい上がるのはどうかと思うぞ。俺は大丈夫だけど、勘違いする奴とかもいるはずだし」

「そんな軽い女になったつもりはないです。だいたい、男の子の家なんて月代くんの家しか入ったことないですし」

それはそれでどうなんだ、とは思ったが気を付けているならあまり口出ししない方がいいのだろう。

むしろ、亜弥からすれば余計なお世話だと思われているかもしれない。心外です、とでも言わんばかりに頰を膨《ふく》らませている。

「それに、もしあなたが変な気を起こしても護身用にハサミは携帯《けいたい》しているので問題ありません。すぐに抵抗《ていこう》しますので」

わざわざハサミを見せてくるので本気度が違った。もし、手を出してしまえばそれは深月の人生終了《しゅうりょう》の合図だろう。確実に殺《や》られると思う。

キラリと輝《かがや》く刃《やいば》に作り笑顔《えがお》を浮かべる亜弥が映り、血まみれになって倒《たお》れていることが容易に想像出来てしまい、背筋がぶるっと震えた。

「しまえしまえ。なんにもしねえよ。まだ死にたくないし」

「目を見れば分かるのであくまでも保険です」

「凄《すご》いな。超能力 者《ちょうのうりょく》か」

「女の子って案外そういうものですよ」

亜弥の場合は特にそうなのだろう。日々、たくさんの男子からアプローチされ、注目を浴びれば中には下心が込められた不愉快な視線もあるはずだ。普段《ふだん》はあまり気にならないが、ふとした瞬間《しゅんかん》に強調される凹凸《おうとつ》のあるスタイルは男子からすれば目の保養に違いないのだから。

そんなものを向けられていれば亜弥が視線に敏感《びんかん》になって当然だろう。

「月代くんの目は手当ての時から死んでいましたからね。安全だと認識しています。最近は、生気が戻ったようですけど、だからってご自分の立場を考えたら何も出来ないでしょうし」

「その通りだよ」

クラスで浮いた存在である深月に乱暴されました、と亜弥が訴《うった》えれば社会的な死を迎《むか》えるのは絶対に避《さ》けられない。そもそも、亜弥との関係がもう少し続いてほしいと密《ひそ》かに思っているのだ。泣かすような真似《まね》はしたくない。豪華《ごうか》な食生活のためにも。

「なら、問題はないですね。お邪魔《じゃま》します」

実にあっさりとしている亜弥は慣れた感じで入っていく。

黒髪を揺らす小さな背中に深月は一抹《いちまつ》の不安を抱《いだ》きながら、後に続いた。

同じ造りだからだろう。勝手知ったる深月の家で亜弥は改めて部屋の惨状《さんじょう》に言葉を失っている。

「相変わらず、酷《ひど》い有様ですね」

「滅相《めっそう》もございません」

「褒めてないですし、それを言うなら面目《めんぼく》もありませんです」

子供のように叱《しか》られて、頭《こうべ》を垂れる深月の隣で亜弥は気にする様子もなく髪《かみ》を整えた。

器用に後ろで髪の束を一本にまとめ、咥《くわ》えていたゴムで固定する。

「さっさと終わらせましょう」

ポニーテール姿になった亜弥は気合十分といった感じで袖《そで》を捲《まく》る。

「俺は何をすればいいんだ？」

「まずは、見られて困る物を隠してきてください。やるからには徹底的《てっていてき》に行いますので」

「そんなもんはない」

「赤いバツ印がたくさん書かれたプリントが私には見えるのですが」

「ああ、テストの答案用紙だな。それがどうした？」

「あなたには恥《は》じらいがないのですか……」

「別に、見られて恥ずかしいと思ってない」

定期考査での深月の成績はどれも赤点を僅かに上回っている。毎回、学年一位の成績を収める亜弥からすれば隠しておきたい点数なのだろうが、テスト前に特に勉強せずとも赤点を回避《かいひ》しているので深月としては無問題《モーマンタイ》。むしろ、誇《ほこ》らしささえある。

それに、今は休憩《きゅうけい》中なのだ。これまで数年間、勉強や部活に励《はげ》んできた自分を休めるための。

だから、補講という面倒《めんどう》なイベントさえ回避出来るなら点数なんて何点でもいいのだ。

「あなたがそれでいいのならいいのですが」

「なら、さっさと始めよう。指示をくれ」

深月には何から手を付ければいいかの順序が立てられない。なので、大人しく出された指示に従いつつ、まずは床《ゆか》に散らばった衣類を回収することから掃除が始まった。

「集めたらもう一度洗濯《せんたく》してきてください」

「ちゃんと洗って干したやつだぞ」

「なら、きちんと畳《たた》んで片付けることです。普通《ふつう》、そうしますよね？」

どうしてそうしないのですか、と軽蔑するような目を向けられる。

「片付けたらまた着る時に出さないとだろ。その点、すぐ手に出来るところにあれば楽が出来る。効率重視」

「だから、今の服にもしわが目立つんですね。いいから、洗面所まで行って衣類に謝罪してきてください」

イライラした様子で言われた通り、出ていた衣類を洗面所で洗濯機《せんたくき》に放り込んだ。謝罪はせずに。

「次に、必要な物とそうでない物とで分別しましょう」

元来、深月はあまり物に対して執着《しゅうちゃく》がない。使わなくなった物や使えなくなった物はよっぽどの思い入れがない限り、捨てている。だから、今回も判断はすぐに出せた結果、残す物はあまりなかった。

「これも捨てていいのですか？」

亜弥が指さしたのは床に置かれた少年誌の数冊。

「もういらないからな。人からの貰い物だし」

勿論、深月も読了済みのそれは明からもう読まないから譲るという形で押し付けられたからあったものであり、深月の私物ではない。楽しめる作品も連載《れんさい》されていたし、時間を潰《つぶ》すには役立ったが残しておくほどではない。

それにこのご時世、もう一度読みたくなったら色々な方法がある。二度と読めないことはないのだ。

「欲しいなら持って帰ってもいいぞ。一人だとチラチラ隠《かく》しながら読まずに済むだろ」

亜弥が手当てしに来てくれている間、一日一冊ずつ深月は勧《すす》めていた。

初めて読んで亜弥が悲鳴を上げた作品は連載作品であり、全ての号に載《の》っている。てっきり、恥ずかしがって読まないと思っていたが亜弥は深月の目を盗《ぬす》むようにしながら読んでいた。その作品が出てきた途端《とたん》、急によそよそしくなったり、顔にぐっと近づけて読んでいたのでよく覚えている。

作品が面白《おもしろ》かったのか続きが気になったのか興味が出たのか。それは、深月には知る由《よし》もないが、どうしてだか亜弥の頬に朱色《しゆいろ》が浮かんでいた。

「ひ、必要ありません。お、男の子はああいうのがお好きなのでしょうけど、胸を触《さわ》るなんてふしだらです！」

「ふしだらって今どきの女子高生からは出ない言葉だろ」

どうやら、亜弥は内容を思い返して恥ずかしくなったらしい。

「そ、そもそも、私が読んでいたのは先が気になったからで……決して、そういうことに興味があって読んでいた訳ではないですから。というか、知られないように読んでいたのですからこっち見ないでくださいよ。目ざとくて嫌《きら》いです」

「無茶苦茶《むちゃくちゃ》言うな」

焦《あせ》っているのか早口で八つ当たりしてくる亜弥は聞いてもいないことを勝手に教えてくれた。

要は、ああいう男の子の夢が詰《つ》まった作品に惹《ひ》かれていたらしい。

——案外、むっつりなんだな聖女様。

そんな風に深月に思われるようなことを口を滑《すべ》らせていることにさえも気付かないほど亜弥は目を回している。必死に隠し通そうと嘘をついているのだろう。なんだか、可哀想になってしまった。

「なんですか。その可哀想なものを見るような目は。可哀想なのはこの部屋です」

「マジで可愛《かわい》げがない」

「結構です。可愛くあろうとしてません」

恥じらっていたり、必死に隠そうとバレバレの嘘をついているのは間抜けで可愛らしいが、拗《す》ねたようにそっぽを向いて口答えしてくるのは可愛げがない。

怒《いか》りを力に変えるかのように亜弥は雑誌を重ねて紐《ひも》で括《くく》った。乱雑に足で踏《ふ》みながら。

「あなたはこれをまとめたらゴミ置き場まで出してくること。早急《さっきゅう》に」

鋭《するど》い目力を向けて、有無《うむ》を言わせない圧をかけてくる亜弥には黙《だま》って従うべきだろう。

それに、あまり活躍《かつやく》する場面がない深月には出来る範囲《はんい》でのいい仕事だった。

亜弥がゴミとなった物を集め回る中、深月は雑誌を束にしていく。

「じゃ、出してくる」

まとめた雑誌を玄関にまで運び、部屋を出た。束の数からして、三往復はする必要がある。ゴミ置き場まで一分と掛《か》からない距離《きょり》だが、一応中には亜弥がいるし鍵は閉めていくべきだろう。

「しっかし、なんで週刊誌ってのは束になるとこんなに重たくなるんだろうな」

深月には悠々《ゆうゆう》と持って運べるが、腕《うで》にかかる重量は女の子にはなかなかのものだ。特に、制服越《ご》しからでも分かるほど手足が細い亜弥なんかには重労働になるだろう。元から、力仕事を任せるつもりはないので深月は与《あた》えられた役目をきっちりとこなした。

部屋に戻ると亜弥はベランダの窓を雑巾《ぞうきん》で拭《ふ》いていた。

「そこまでしてくれなくていい。床に物がなくなっただけで十分だ」

的確な指示を亜弥がくれたおかげであれだけ物が散乱していた床がスムーズに歩けるようになっている。過去に、落ちていたジャージを踏んで転びそうになった経験があるのでそれがなくなっただけで成果は上々。シンデレラに命令して働かせるようなレベルまでお願いしていないが、振《ふ》り返《かえ》った亜弥は短く言った。

「やるからには徹底的にと言ったでしょう」

つまり、可動範囲《はんい》内は隅々《すみずみ》まで行うから見逃《みのが》すつもりはない、と手伝ってくれるらしい。

「じゃあ、外側は俺がやる。けど、雑巾なんて家《うち》にあったかな」

「いくつか持ってきているので使ってください」

よく見れば、机に真っ白な雑巾が数枚乗っている。ありがたく使わせてもらうことにした。

ベランダに立ってから気付いた。亜弥と真正面から向き合っていることに。

窓一枚という薄っぺらい壁は亜弥の整った顔付きを曇《くも》りなく透《す》けさせる。

――やっぱり、可愛いよな。顔だけは。

はっきりとした目元や柔《やわ》らかそうな白い頬、ぷるんと弾力《だんりょく》がありそうな桃色《ももいろ》の唇《くちびる》。

テレビに出る女優やアイドルを見ても深月はあまり可愛いなとは思わない。女優やアイドルになるのだから、それなりに容姿が整っているのは当然だろうし、興味すらないからだ。

なと思う。

けれど、近くにいる亜弥には違っている。興味はないし、好きとかもない。だけど、容姿だけはこうやって気付かない内に視線を奪《うば》われてしまうほど、整っていると思う。

吐いた息の上から雑巾で拭く亜弥は深月の視線に気付かずに集中している。

「……俺もやらないと」

いつまでも亜弥を見ている訳にもいかず、強い風が吹《ふ》いて我に返った。

窓掃除を始めて少し経《た》った頃《ころ》、亜弥が背伸《せの》びを始めた。上の方を拭きたいようだ。

亜弥と比べて頭一つ分ほど大きい深月なら背伸びしてギリギリ届く位置だが、亜弥には到底《とうてい》届く位置ではなく、体を窓にぎゅっと押し付けながら腕を伸ばして頑張《がんば》っているが空《むな》しくなるばかり。

成果のない奮闘《ふんとう》を続ける亜弥から深月はぎょっとして視線を逸《そ》らした。無意識なのだろうが、今の体勢は亜弥の胸が強調されるようになっている。着痩《きや》せするタイプなのか、自然体の時よりも大きく見えるそれは目に毒でしょうがなかった。

――え、一之瀬ってあんなに？　え？

なかなか信じられず、ついつい亜弥を盗み見てしまう。普段、そういったことにはあまり興味のない深月だが直《じか》に見せられると自分でも思っていた以上に意識してしまっていた。

――あ、あんまり見てると気付かれて『あなたを掃除しますよ』とか言われそうだ。やめないと。

首を振って邪《よこしま》な気持ちを追い払っていると、いくら挑戦《ちょうせん》しても無意味だと思い知ったのだろう。残念そうに諦《あきら》めた亜弥が部屋の奥《おく》に消えていった。

居たたまれない状況《じょうきょう》が終わって安堵《あんど》していたのも束《つか》の間《ま》だった。亜弥は椅子《いす》を持って戻ってくると、再び挑戦し始めた。今度は落ちないようにするためなのか。やっぱり、さっきと同じ体勢になって。もう一度、胸が強調される体勢に深月はいよいよ我慢《がまん》出来なくなった。

コンコンと窓を叩くと亜弥が視線を向けてくる。見下ろす目が疑問符《ぎもんふ》を浮かべていた。

「窓拭《まどふ》きは俺がやるからもういい」

あのまま続けていたら、前を向けなくていつまで経っても深月の仕事が片付かない。なので、両方自分がやった方が早いと確信して中に入って提案したのだが、亜弥は眉目《びもく》を寄せるだけで椅子から降りようとしなかった。

「なんですか。小さいと馬鹿にしているのですか」

「そんなんじゃなくてだな」

低めの身長を気にしているのか、亜弥は馬鹿にされたと勘違いしたようだ。

理由を口にするのは出来ず、深月は亜弥が不機嫌《ふきげん》になっていくのを黙っているしかなかった。

「私にだって届きますからあなたはご自分の仕事に戻ってください」

「戻ったところで進まないんだよ……誰《だれ》かさんのせいで」

自覚してくれ、と期待したが亜弥には通じなかった。きょとんとして首を傾げられる。

それもそのはずだろう。亜弥は真剣《しんけん》に掃除をしていただけで悪気はないのだから。一方的に深月が変に意識してしまっているだけである。

けれど、あれだけ視線に敏感だと得意気に語っていたのだから深月としては自分の行動にもう少し配慮《はいりょ》してほしいとお願いしたい。いくら、生気が戻った目でもまだ回復したばかりなのだ。殺傷力が高い攻撃《こうげき》ですぐにまた殺そうとしないでほしい。

「てゆーか、さっきから全然届いてなかっただろ」

「それは、この椅子が低いせいです。あと少しあれば届くんです」

試《ため》しにその場でジャンプした亜弥は確かに目的の位置に雑巾を届かせた。

「ほらね、見ましたか。私にだって届くんですよ。家では普通に届きますし」

嬉々《きき》として報告してきた亜弥は明るい表情をして得意気になっていた。どや顔が凄い。さながら、好きなオモチャを買ってもらって喜ぶ幼子のようだ。

「それは、椅子の種類が違《ちが》うからじゃないのか。そもそも、跳《と》びながらは危ない」

一回だけだったから綺麗《きれい》に着地出来たものの、連続となればかなり危険な行為《こうい》だ。掃除を手伝ってもらって怪我《けが》をさせたとなれば、どう詫《わ》びればいいのか分からない。

「やっぱり、俺がやるよ」

「大丈夫ですって」

周りから、完璧超人だと謳《うた》われるプライドがそうさせるのか、ムキになって亜弥は深月の言うことも聞かずに跳び始めた。

「おい。話を聞け。落ちるだろ」

「落ちませんって……あ」

一段と力強く飛び跳《は》ねたからだろう。椅子の方が耐《た》えられず、グラグラと揺れ、亜弥は足を滑らせて上手に着地出来なかった。

「言ったそばから……！」

幸か不幸か。幸い、亜弥が深月目掛《めが》けて倒れてくるので両肩《りょうかた》を抱き留《と》めながら深月は易々《やすやす》と受け止められた。放り投げた雑巾が床に落ちる音がして、亜弥はきゅっと閉じていた目を開ける。

「す、すみません……」

「俺が今どういう気持ちか分かるか？」

「怒って……ますよね」

今のは確実に亜弥に責任がある。深月の忠告を無視し、強行に出た結果、迷惑《めいわく》をかけたのだから。

　だからって、深月は怒鳴《どな》られることに備えて怯《おび》えている亜弥にそんなことしようとは考えていなかった。

「怒ってはいない。けど、もう少し人の言うことも聞け。俺なんかの言うことは聞きたくないだろうけどさ、しないで済む危険はするな」

「……怒らないのですか？」

「怒ることでもないからな。怪我、してないよな？」

　頷《うなず》いた亜弥に安堵する。そうすれば、もう両肩を抱き留めておく必要はなく、離《はな》れた。

「一応、言っとくけど今のは緊急《きんきゆう》事態だったからな。ハサミなんか出すなよ」

「出す訳ないじゃないですか。責任は私にありますし、助けていただいてそんな礼儀《れいぎ》知らずなことしません」

　咄嗟《とつさ》だったとはいえ、力強く亜弥の肩を掴んでしまったが亜弥は許してくれるらしい。

「……また、助けてくれましたね。もう手は貸さないって言っていたのに」

「普段、俺の方がお世話になりっぱなしなんだ。見過ごすとか出来ねえよ」

そう答えれば、亜弥はクスクスと小さく笑い始めた。

「どうせ、俺にはそんなセリフ似合わねえよ」

「いえ、面白くて笑っている訳ではないです」

「じゃあ、何が可笑《おか》しいんだよ」

「それは、私にも分かりません」

それでも、笑《え》みを堪《こら》えられないのか亜弥は微笑《ほほえ》み続けている。

「助けてくれて、ありがとうございます」

はにかみながら言われ、不覚にも深月は頬が熱くなるのを感じた。

ただ、お礼を言われただけ。なのに、いちいち照れている自分が恥ずかしくて、誤魔化すように雑巾を拾う。

「窓拭きは俺がやるけど、文句ないな」

「はい。お任せします」

「なんだ。やけにあっさりだな」

「思い知りましたからね。月代くんに任せた方がいいって。同じ過《あやま》ちは繰《く》り返《かえ》さないよう気を付けていますし。まあ、私の仕事がなくなって手持《ても》ち無沙汰《ぶさた》ですけど」

「もう十分だからゆっくりしとけ」

「そうだ。床でも拭いておきます」

「ゆっくりしとけって言ってるだろ。てか、それも俺がやるから頼《たの》んでいいなら掃除機《そうじき》でもかけてくれ。クローゼットに入ってるから」

「分かりました」

クローゼットに小走りで向かう亜弥にそっとため息をつく。

――本当に人の話を聞かない奴《やつ》だ。

呆《あき》れて物も言えないが、言ったところで無意味なのだろう。

もう一度、ため息を漏らしてから任された仕事に戻る。亜弥が届きたかった位置は確かに高いが背伸びをして、どうにか拭いていく。足を限界まで伸《の》ばすのに神経を使っていたからだ。

体育座りになって、両肩に手を置く。膝《ひざ》の間に赤くなった頬を隠すように埋《う》める。

「……っ、力、強かった……」

痛くはない。けれど、じんわりと熱くなる深月に掴まれた両肩を擦《さす》りながら声にならない声を出す亜弥に深月は気付かなかった。

「こんなに綺麗だったんだな、ここって」

「汚《きたな》くしていたのはあなたですよ」

亜弥が掃除機をかけ、深月が床を雑巾で拭き終えた頃には、すっかり太陽が夕日に変わっていた。しかし、数時間二人で……というよりは、亜弥の奮闘のおかげで床に散らばっていた物は片付けられるか捨てられ、今はピカピカに輝いている。地獄《じごく》から天国に天地が逆転したようだ。

これからは、充実した生活を送るためにもなるべく散らかさないようにしようと深月はそっと決意した。

「その通りですね。感謝しています。ありがとうございます」

「そんなに言わなくていいです。勝手に手伝っただけですし」

「そう言ってもらえるとありがたいけどさ、もうちょい恩着せがましくしてくれないと俺が困る。土下座でもしようか？」

「私を何だと思っているんですか……」

どれだけ感謝をしても日頃《ひごろ》からお世話になっている亜弥には足りないので本気だったのだが呆れられてしまった。もう一度、深く頭を下げるだけに留《とど》めておく。

そんな深月を横目に亜弥は帰る準備を済ましていた。

「では、お夕飯は出来上がってからで」

「いやいやいや。流石《さすが》に、今日は悪いから遠慮《えんりょ》させてくれ。いや、むしろ、何か奢《おご》らせてくれ」

さぞ当然のように言ってきた亜弥に深月は首を何回も横に振った。

相変わらず、きびきびと無駄《むだ》な動き一つせずに効率重視で動いていた亜弥は疲《つか》れた様子もなく働いてくれたが、表情には疲労《ひろう》の色が浮《う》かんでいる。

それが、深月の勘違いだとしてもあれだけ頑張ってくれた上に夕飯の用意までしてもらうというのは気が引けた。

それに、普段から恩ばかり溜《た》まっていくので返せる機会は逃《のが》すつもりがなかった。

「何かって言われましても困ります」

「なんでもいいよ。出前でもいいし、何か食べたいものがあるなら言ってくれ。好きなもの買ってくるから」

すぐには思いつかないのか亜弥は桜色の唇を固く結び、長考している。

その様子から、基本的には自炊《じすい》する考えがあることが読み取れた。

「月代くんはどうするのですか」

「綺麗になってすぐ汚《よご》すようなことはしたくないからな。ゴミも多くなったし、ファミレスにでも行こうかと思ってるよ」

亜弥と食事を共にしたい訳じゃないので、出前を頼むなら現金を多めに渡《わた》すし買ってきてほしいものがあるなら喜んで買いに行くつもりだ。夕飯の時間にはまだ少し早いのでファミレスにはその後に向かえばいい。

「では、ご同行します」

「へっ？」

思ってもいなかった返答が抑揚《よくよう》のない声で届き、深月は間抜けな顔になる。

「一緒《いっしょ》に食事したいとは思っていませんよ」

「それは、言われなくても理解している。その上で脳が処理仕切れていないんだよ」

ほんの僅《わず》かにだが、亜弥との間にあった壁は薄くなったと思っている。深月だけかもしれないが。それでも、一緒に食事するような間柄《あいだがら》にまでなったと思うほど己惚《うぬぼ》れてはいない。

単に亜弥が何を考えているのか見当がつかないだけである。

「だって、出前とか初めてで何を頼めばいいのか分からないし、月代くんを駒《こま》のように使うのも気が引けるじゃないですか。私が酷い女みたいで」

「既《すで》に酷いことは散々言ってるけどな」

今も駒のように、と言う必要はどこにもない。本当に失礼極《きわ》まり過ぎる。

今までに出前を頼んだことがないのを恥じているのか亜弥は頬《ほお》をほんのりと赤くしていて可愛いから苛立《いらだ》ちはしない。だが、本当に亜弥の中で深月に対する優《やさ》しい言葉が少なくて酷い。

「いかにも私が悪いみたいに言わないでください。そういうところ、嫌いです」

「ほら、また面と向かって嫌いとか言った。お前みたいな美少女から嫌いって言われた時の男の気持ちを考えてみろ。お前のやってることは残酷《ざんこく》なことだぞ」

黒聖女様の毒舌《どくぜつ》に慣れた深月にはダメージは一切《いっさい》発生しないが、聖女様に絶対的な好意を抱き、崇《あが》めているメンタルくそ雑魚《ざこ》男なら確実に泣きべそかいて引きこもってしまうはずだ。理想と違い過ぎるし。

「月代くんにしか言っていないので考えたこともありません」

「さいですか……」

亜弥の中で境界線はちゃんと引いているのだろう。深月だけがはみ出ているのは、それだけ気を遣《つか》う必要がない相手だと楽に接してくれている証拠《しょうこ》なのかもしれない。

――うん、まったく嬉《うれ》しくない特別だな。まあ、何でもいいけど。

普段から、気を張って柔らかい口調で話していれば疲れるはずだ。多少、酷くても亜弥にとってそれが楽ならそれも恩返しになるだろう、と深月は受け入れた。

「……それで、どうなのですか。お邪魔なら断ってくださって構いません。勝手にやったことですから何も求めてないですし」

暗い表情の亜弥の口ぶりからは本当に何も求めてないような、期待すらしていないようなことが伝わってきた。

深月には亜弥がどうしてそんな表情になったのか分からない。分からないなら、考えて亜弥が望むことを言ってやるべきなのだろう。だが、今回に限ってはその必要はない。答えは既に出ているからだ。

そもそも、恩返し出来るならなんでもいいのだ。もし、亜弥と出掛《でか》けているところを誰かに目撃《もくげき》されて、明日からの学校生活が騒《さわ》がしくなったらと想像すると億劫《おっくう》にはなるがその時はその時だ。どうにかするし、今は亜弥に言ってやりたい。断るつもりはないと。

「邪魔とか思わないし、一緒に行くか」

似合わない暗い表情をやめさせたくて、出来得る限り優しい声音《こわね》を心掛《こころが》けてみればゆっくりと亜弥が顔を上げた。大きな目を何度も瞬《まばた》かせ、信じられないものを見るように見てくる。

「なんだよ」

「……いえ。月代くんは変な人だなと」

「嫌味《いやみ》か？」

「誉《ほ》め言葉、ですかね？」

「何故《なぜ》に疑問形」

「だって、嫌いって言われたのに一緒に居てくれ——居ようとするから……」

感じるものがあったのか、今になって申し訳なさそうにぎこちなく笑う亜弥に深月はなんでもないように答える。

「嫌われてようが受けた恩は返しとかないと気が済まないだけだ」

こういう時、自分が淡白《たんぱく》な性格をしていて良かったと思う。何を言われても聞き流せるようになったおかげで亜弥にどう言われようが気にせずにいられるのだ。

「それに、陰《かげ》でこそこそ言うよりは直接言う方がいいと思うからな。何をどう思おうがお前の自由だし、俺《おれ》は俺のためにやってるだけだ」

嫌われるからには何かしら悪い理由があるのだろう。直す気がないし、亜弥が嫌《いや》だと思うのなら思えばいい。それは、尊重されることであるし、深月も好かれたいと考えていないのだからこのままでいい。

「ま、もうちょい優しくしてくれてもいいんだけどな」

既に色々な面で優しくしてくれている亜弥だからこそ、もう少し言葉遣《ことばづか》いも言われて気持ちいいものにしてくれたら嬉しかったりする。軽口の叩《たた》きあいをするのも楽しいが。

おどけた風に言ってみせれば亜弥は頬をうっすらと朱色に染めて、潤《うるお》いのある唇を開いた。

「……善処します。期待はしてほしくないですけどっ」

つん、とした態度はなんだか可愛げがあって深月が笑ってしまうと亜弥は拗ねたようにそっぽを向いて頬を膨らませた。

「で、どうする？　夕飯にはまだ早いけどもう出るか？」

「あ、それなら一時間ほど時間を頂いてもいいですか？」

「分かった。じゃあ、一時間後に部屋の前で集合しよう」

そう約束をして、亜弥は一旦《いったん》帰っていった。

「さて、どうするか」

恩返しにばかり気を取られていたが女の子と二人で出掛けるなんて人生初だ。

明と明の彼女《かのじょ》と三人で遊びに行ったことはあるが、性別が女性の人と二人きりで出掛けるなんて母親以来である。

「やばい。考えたら、変に意識するようになってきた」

これは、ファミレスに夕飯を食べに行くだけだ。決して、デートなんかじゃない。

「これは、お礼の一環《いっかん》……恩返しの一つ。特に意識することはない……」

そう言い聞かせて心を落ち着かせる。だけど、どうしても頭の片隅《かたすみ》に亜弥が図々《ずうずう》しく出てきては消えてくれない。

自分一人でなら気にしないがこのままのジャージ姿で亜弥の近くを歩くのは見劣《みおと》りさせるみたいで持っているお出掛け用の服装に着替《きが》えた。着替えたところで亜弥と比べたら見劣りするのは間違《まちが》いないだろうが。

そんなことをしていたらいつの間にか時間が経っていた。

部屋にいても落ち着かず、五分前に出て亜弥を待っていれば時間丁度に隣《となり》の部屋の扉《とびら》が開いた。

「お待たせしました」

「別に、待ってない」

「そういうお返しも出来るんですね」

「本当に今出てきたばかりだぞ」

時間を欲《ほっ》していたのは入浴して着替えたかったらしく、先程《さきほど》までと服装が変わっていたり、頬が上気している。

鍵《かぎ》を閉めて寄ってきた亜弥が深月には宝石のように輝いて見えた。

白のニットワンピに薄《うす》いカーディガンを羽織っている。髪は普段通りのストレート。学校と同じでタイツも穿《は》いている。

シンプルでありながら、妙《みょう》に可愛らしくフェミニンさを感じさせるのは亜弥にはこういった清楚《せいそ》な格好が似合うからだろう。

何度かワンピ姿を見ているにもかかわらず、深月は素直《すなお》に可愛いなと感想を抱いた。口に出せば変な目で見られるのは確実なので心の中でだが。

おー、と感心しながら亜弥は可笑しそうにしている。

「何が可笑しいんだよ」

「いえ、変なやり取りしているな、と」

「俺達《おれたち》がやっても気持ち悪いだけだろ」

「そうですね。お食事の前に気分が悪くなりました」

「たまに馬鹿なんじゃないかと思うよ」

「あなたにだけは言われたくありません」

相変わらず、絶好調の毒舌だが笑顔が浮かんでいるので言葉にキレがない。

「なんで楽しそうなんだ？」

「そんなことありませんよ。平常運転です」

平静を装《よそお》っている亜弥だが、深月にはいつもよりテンションが高いように見える。といっても、普段が大人しくて静かだからそう見えるだけなのかもしれないが。

ニコニコ顔の亜弥は小さめのショルダーバッグから眼鏡《めがね》を取り出すと装着した。

「待て。なんだ、それは」

「変装です。誰かに見られたら大変ですからね」

ふふんと鼻を鳴らしながら得意気に解説されても乾《かわ》いた空気しか出てこない。

自分の立場をよく理解している亜弥だからこその対策なのだろう。もし、深月と一緒のところを誰かに見られたら質問攻《ぜ》めに遭《あ》って騒ぎになるのは目に見えているのだから。

勿論、気遣《きづか》いは助かるしありがたいが正直意味がない。

「スゲーバカっぽい」

「なっ……！」

「お前の魅力《みりょく》が眼鏡如《ごと》きで隠せるはずないだろ。むしろ、絶世の眼鏡美女としてより魅力《みりょく》的《てき》になったぞ」

眼鏡なんて視力が悪い人にしか役に立たず、亜弥にとってはより魅力を引き出すアイテムとして本来の役割を果たさずに活躍している。

それに気付かない辺り、自分の魅力を今一つ理解していないのか単なる天然なのか。

どちらにしろ、伊達《だて》メガネというのが凄《すご》く間抜《まぬ》けに思えた。

驚愕《きょうがく》の事実を教えられて恥ずかしいのか亜弥は頬を赤くして縮こまっている。

「心配しなくても、道中は他人のふりしとくから一之瀬も素知らぬ顔してればいいよ。誰も俺と出掛けているとは思わないだろうし」

一応、着替えはした深月だがやはり亜弥と見比べると落差は大きい。

そんな二人が同じ目的地に向けて歩いているとは誰も考えないだろう。この近所で同じ学校の生徒は見掛《みか》けたことがないので初対面なら尚更《なおさら》だ。

「気遣うつもりなしですね」

「エスコートでもしてほしいのか？」

「いえ、そういう態度の方が気遣わずに済むので結構です。そもそも、あなたがエスコート出来るとは思えませんし」

「お、よく分かってるな」

デートどころか、女子と二人で道を歩くことすら初心者の深月には歩幅《ほはば》や歩く速度を合わせることくらいしか思いつかない。エスコートって何をすればいいんだ状態だ。

「ってことで、はぐれたら現地集合な」

「威張《いば》ることではないと思いますよ」

お気楽な深月に亜弥は冷ややかな眼差《まなざ》しを向けた。はぐれないように少し傍《そば》に寄って。

夜風に乗って鼻腔《びこう》をくすぐった甘《あま》い香りに深月はドキッとして出発した。

深月達《たち》が住むアパートからファミレスまでは学校に行くよりも距離がある。二人とも移動手段が徒歩しかないので、深月を先頭にして歩いているが深月は普段《ふだん》よりもかなり歩幅も歩く速度も落としていた。

――女の子と歩くってこういう感じなんだな。

お互《たが》い、他人のふりをしているため会話は生まれず、ただただゆっくりと時間を掛けて歩いているだけ。それが、深月にはとにかくじれったいことだった。

いつものペースで歩けばもっと早く着く。点滅《てんめつ》し始めた信号だって渡れていた。

それでも、深月は適度な距離を保ちながら不安な信号は見送り続けた。

そうして、ファミレスに着くまで同じ学校の生徒とは誰一人《だれひとり》会うこともなく、奥の席に通されてようやく一息がつけた。ここなら、死角になっているし視線はそんなに向けられないだろう。

――だからって、キョロキョロ変な動きして注目を浴びるようなことはするな。

日曜日の夜とはいえ、客は大勢いる。家族、友達、恋人《こいびと》、お独り様。わざわざ、そんな人達から奇怪《きかい》な目を向けられるような動きをしてほしくなくて警告するように亜弥に目で訴《うった》えかける。

そんな視線に気付かず、亜弥は緊張《きんちょう》した面持《おもも》ちで興味深そうに店内を見渡《みわた》していた。暗褐色《あんかっしょく》の瞳《ひとみ》には光が宿っていて、やはり楽しそうだ。

「もしかして、ファミレス来るの初めてなのか？」

挙動不審《きょどうふしん》の様子から聞いてみたのだが、亜弥がピタリと動きを止めた。

「機会がなかったとはいえ、今どき珍《めずら》しいですよね。月代くんはよく来るのですか？」

「料理苦手だからな。実家にいる時も母さんが疲れた時とか出掛けた日とかは来てた」

「ご家族で仲が良いのですね」

「普通だろ。一之瀬は外食とかしないのか？」

「そうですね。自炊しますし」

「だからって、毎日じゃないだろ？　実家に居た時とかは？」

「ないですよ。そういうの。一度も」

亜弥の親はよっぽどの料理好きらしい。それならば、十数年生きてきてファミレスに来るのが初めてだというのも納得《なっとく》出来る――と、思っていたかもしれない。亜弥の瞳から光が消えることがなければ。

さっきまでの楽しそうな表情はどこにもなく、ただ口を真横に結んでいるだけなのに亜弥を見ているのが辛《つら》くなり、深月はしまったと後悔《こうかい》した。

「そっか。凄いな、一之瀬は」

「急に何ですか」

「いや、ちゃんと自炊してて偉《えら》いなって。ほら、俺は知っての通りだからさ。そんな俺の分まで毎日用意してくれるし、改めて凄いなと」

「よく一人暮らししているなってある意味感心していますよ」

「そこは、ほら。為《な》せば成るで」

「行動すらしていませんけどね」

チクリと小言を刺《さ》す亜弥は呆れるようにため息をついている。

一瞬《いっしゅん》だけ見せた、あの酷《ひど》く辛そうな表情はなくなり、深月には何を示していたのか知る由もなければ、知る気もなかった。

人には触《ふ》れてほしくないことがある。露骨《ろこつ》に嫌がっていることを執拗《しつよう》に聞く趣味《しゅみ》はないし、それがお隣さんとしての適切な距離だと思うからだ。見ていて気分が良い表情じゃないので気を付けようとはするが。

「今更《いまさら》ですけど、誰にも片付けなさいと言われなかったのですか?」

「言われる度《たび》に頑張ったんだよ。でも、数日したらあの有様になる」

たまに様子を見に来る明や母親がやんわりと注意していくが二人とも本気で怒らないのであまり気にせずにいた。だから、口うるさくガミガミ注意してくる亜弥は煩《わずら》わしくも感じるがどうにも逆らえない雰囲気《ふんいき》は深月的にはありがたいことだった。

「どうして、もっと頑張らないのですか……あの有様じゃ彼女《かのじょ》なんて呼べなかったでしょう」

「そもそも、呼ぶ相手がいないし、もし呼ぶならもっとちゃんとするよ」

「当たり前です。初めて彼氏《かれし》の家に来て、最初にするのが部屋のお掃除《そうじ》なんて彼女さんが可哀想《かわいそう》すぎです。すぐ別れ話ものですよ」

存在もしない仮想彼女に同情しているのか亜弥は冷たく言う。

「面倒見良《めんどうみ》すぎだろ」

「面倒見ているつもりはありません。気になってしまうからです」

だからと言って、お裾分《すそわ》けしたり部屋の掃除を手伝ったり、たとえ深月が付き合ってすぐ別れることになっても亜弥には関係ないことまで気になってしまうものなのだろうか。

「まあ、彼女欲《ほ》しいとは思ってないし、作る気もないから気にするな」

「思ったところで出来るとは思えませんから羨《うらや》ましいです」

「自分がモテるからっていい気になるなよ」

「なっていません。好きで好意を抱《いだ》かれている訳ではないですし、しんどいだけです。だから、あなたが羨ましいです」

「自覚してるからこその苦労だな」

「嫌でも自覚させられたんですよ。本当に迷惑な話ですが」

――誰かに告白された噂《うわさ》が翌日にはどこからか知れ渡っているのだから当然か。

相手は知らないが、深月の耳にまで届くのだ。当の本人である亜弥がどんな風に周りから思われているのか理解してないはずがないだろう。ため息をつく亜弥からは気疲《きづか》れが窺《うかが》えた。

そんな顔を見たら、深月の落ち着かない心もすっと静寂《せいじゃく》を取り戻した。

亜弥と二人きりで出掛けるという事実を意識してからずっと緊張しっぱなしだった。

淡白であっても、亜弥の美少女っぷりにはなかなか勝つのは難しかったのだ。

――一之瀬の方は……なんとも思ってないんだろうな。

普段から、多くの男子に囲まれている亜弥だ。深月と二人きりであっても何も意識することはないのだろう。

そもそも、深月にも意識する理由なんてないのだ。ただ普段通りに過ごせばいい。

「悪かったな、嫌な話させて。そんなつもりじゃなかったんだ。彼女が欲しいとは思ってないけど、お前には本当に感謝ばっかりしてるから何でも好きなもの頼んでくれって言いたかったんだ。今日はとことん奢らせてもらうからさ」

献上《けんじょう》するように近くにあったメニュー表を差し出す。

不服そうな眼差しを浮かべて、やや受け取るのを躊躇《ためら》っていた亜弥だが豊富な種類の料理に惹《ひ》かれたのだろう。何も言わずに受け取ると端《はし》から端へ様々なメニューに目移りしながら忙《せわ》しなく視線を動かしている。

「……あの、ドリンクバーもいいですか？」

「そんな遠慮するな。頼みたいものドーンと言え。全部、頼んでやるから」

家が比較的裕福《ひかくてきゆうふく》であってもそれは深月の力ではない。なるべく、普段から節約を意識して振り込《こ》まれる生活費用でやりくりしている。しかし、これは亜弥への恩返しなのだ。ちゃんとした理由があれば両親は何も言わないし、むしろ全力で尽《つ》くしなさいと背中を押《お》してくれる。

それに、深月は夏休みにバイトをしていたので今日はその時に稼《かせ》いだ給料で払《はら》うつもりだ。変な遠慮など受けつける気はない。

不安そうに聞いてきた亜弥に笑って頷けば一気に表情が明るくなる。

さっきの面影《おもかげ》も今は完全に消えていて、可愛《かわい》いなと眺《なが》めていれば亜弥がメニュー表を無言で突《つ》き出してきた。

選び終わったからとっとと選べ。早くしろ、という圧だろう。

メニュー表はもう一つあるのでわざわざ亜弥から渡されなくてもいいのだが、そわそわしているので余計なことに時間を使う暇《ひま》はなさそうだ。

そんな亜弥に苦笑《くしょう》しながらさっさと料理を決め、深月は店員を呼んで注文を済ませた。

「ど、どうすればいいんですか？」

「飲みたいもの飲めばいいんだよ」

注文を終え、お楽しみのドンリンクバーコーナーへ亜弥と向かえば、亜弥はスープやコーヒーまであることに驚《おどろ》き狼狽《うろた》えていて、見ていてとても面白《おもしろ》い。高校生にもなって、ドリンクバーの説明をするのはかなり新鮮《しんせん》な出来事だと感じながら、コップを両手に持ってうろうろする姿に深月のイタズラ心がつい芽生えた。

「ちなみにだけど、色々混ぜてオリジナルの味を楽しむのも醍醐味《だいごみ》……って、聞けよ」

「先に戻っていますね」

説明の途中《とちゅう》で亜弥は数種類のボタンを楽しそうに押し、満足気に戻っていった。

「それは、絶対不味《まず》いぞ……濁《にご》ってるし」

初めてで舞《ま》い上がっているのか普段からの感性では信じられないほど不味そうな組み合わせの液体にとんでもなく笑顔《えがお》を浮かべていたものだから良心が痛む。

ファミレスでなくとも、ドリンクバーなんてどこにでも置いてある。飲食店以外にも。

なのに、使い方を知らないのは世間知らずなのかあまり出掛けたりしないのか。

どちらにしろ、今頃《いまごろ》顔を真っ青にしているであろう亜弥をもう一度笑顔にさせてやりたかった。

「……あいつの分も持っていくか」

二人分の飲み物を持って席に戻《もど》れば、亜弥がガクッと机に額を乗せていた。

「し、死んでいる？」

「……生きています」

「あ、生きていたか」

むくりと顔を上げた亜弥が不機嫌さを隠《かく》すことなく睨《にら》んでくる。

その表情には苦虫を潰《つぶ》したようにしかめっ面《つら》も含《ふく》まれていて、やはり口に合わなかったらしい。

「騙《だま》したんですか」

「混ぜるな危険って言葉があるだろ」

「あなたのこと、嫌《きら》いです」

「自分で作っておいてよく言えるな」

これ見よがしに深月は淀《よど》んでいない炭酸を口に含んだ。シュワシュワパチパチと炭酸が口で弾《はじ》け、喉《のど》を通っていく。おーいしー、とわざとらしく言ってみせれば亜弥の頬が風船のように大きく膨《ふく》らんだ。

「あなたのこと、大嫌《だいきら》いです！」

「ついに大がついたか」

亜弥にとっては本気なのだろうが、拗《す》ねているのは間違いなく、深月には子供の文句にしか聞こえない。そもそも、亜弥が言う「嫌い」という言葉には、拗ねたからとか照れたからとか何かを隠すためのものが多く、本気で深月を嫌悪《けんお》しているのは少ない。

まあ、全くない訳でもないし、今のは割りと本気だと思うので深月は短く謝罪を口にしながら持ってきていた亜弥の分のコップを差し出した。

「……これは？」

「お前の分。口はつけてないし、変なものも入れてないから飲みたかったらどうぞ」

警戒《けいかい》の色を瞳に滲《にじ》ませながら中身を覗《のぞ》いているので判断を亜弥に委ねれば、恐《おそ》る恐るといった感じでゆっくりと唇《くちびる》をコップに当てた。

「……美味《おい》しい」

「そりゃ、ノーマルだからな。澄《す》み切っているだろ、お前のと違《ちが》って」

「ほんと、嫌味ばかり言いますね……」

文句は垂れても味には勝てないのだろう。コクコクと細い喉が何度も動いている。

「どうして、リンゴジュースなんですか？」

「最初に入れてたから好きなのかと思って」

世の中には、好物を最初に食べる派か最後まで残しておく派がいる。

亜弥がどっちかなんて知らないから単なる勘《かん》だが、複数ある種類から一番に決めたのだから少なくとも嫌いではないだろうと判断したまでだ。亜弥からは恨《うら》みがまし気な視線を向けられて不安になってくるが。

「もしかして、嫌いだったか？」

「……嫌いなのは月代くんだけです」

「そうかよ」

「……月代くんなんて嫌いです」

どこか不貞腐《ふてくさ》れた様子の亜弥からはさっき騙した件以外でまた怒らせた気がする。

しかし、声は僅かに弾《はず》んでいるように聞こえた。

――好物が飲めてそんなに嬉しいのか？

チビチビと少しずつを繰り返し、何度もコップに口をつける亜弥を眺めながらそんなことを考えていれば注文した料理が運ばれてきた。亜弥が頼んだ和風パスタとサラダ、深月が頼んだ唐揚《からあ》げとハンバーグがセットになった定食とおまけのポテト。

「見事に茶色ばかりですね。もう少し野菜も食べるべきです」

二人して手を合わせ、早速《さっそく》食べ始めていると亜弥が言い始めた。

栄養を気にしている亜弥からすれば色鮮《いろあざ》やかな野菜が見えない、目についてしょうがないメニューなのだろう。

「私のを分けてあげますから」

「母親か」

ただでさえ、控《ひか》え目《め》な量だというのに亜弥は小皿にサラダを取り分けている。

「……唐揚げはやれないぞ」

「交換《こうかん》したいだなんて言ってないです。はい、どうぞ」

差し出された小皿に深月は嘆息《たんそく》が漏《も》れる。何が悲しくて同級生の女の子からもっと野菜を食べた方がいいと言われないといけないのか。

亜弥に好意を抱いていれば構ってもらえている、世話を焼かれていると嬉しいのだろうが深月には余計なお世話でしかない。

うるさいしほっとけよ、としゃきしゃき食べながら内心で悪態をついた。

「これでいいだろ」

「お代わりいります？」

「いらねえよ。お代わり欲しさにバクバク食べた訳じゃないわ」

反論すれば亜弥は可笑しそうにクスクス笑っている。

「まったく……一之瀬の世話好きには困る」

「は、何勘違《かんちが》いしているんですか。好きでお世話してる訳ではないですしお世話とも思っていません。あなたがだらしがなくて気にさせるせいです。さっきも言いましたよね。というか、困るなら私がとやかく言わないようにちゃんとすればいいでしょう」

「返す言葉が見つからねえ……」

ぐうの音も出せず、ダメ出しの連続に深月は押し黙《だま》るしかなかった。

遠慮なく言われたら特別な感情を抱かれていないと確認《かくにん》出来るのでありがたいのだが、肩身《かたみ》が狭《せま》くなる一方でせっかくの好物がいつもより美味しくないように感じる。

「まったくもう」と可愛らしく唇を尖《とが》らせた亜弥はパスタをクルクルと巻いて口にする。

丁寧《ていねい》な所作で消耗《しょうもう》した体力を回復させる亜弥に深月はふと思った。

——聖女様にファミレスは似合ってないな。

整った容姿に丁寧な話し方、上品な所作で食べ方まで綺麗《きれい》な亜弥をどこかお嬢様《じょうさま》のように感じるからだろうか。個人的な感想だが、聖女様はもっと豪華《ごうか》なレストランで食事をしている方がずっと雰囲気に似合うと感じた。

「……じっと見ないでほしいんですけど」

「お前が言うか。美味《うま》そうに食べるなって」

「美味しいですから」

凝視《ぎょうし》していたことがバレ、不服気な眼差しを向けられたので誤魔化《ごまか》しておく。

それに、年相応の女の子みたいな笑顔を浮かべている亜弥に似合わないなんて傷付けること言えるはずがなかった。

「確かに、独特の味があっていいよな。メニューも豊富で飽《あ》きないし」

でも、と唐揚げを一口食べてから続ける。

「一之瀬の手作りの方が全部上だな」

「ちょ、なんてことを言い出すんですか。お店の人に聞かれたら悪いでしょう」

「いいだろ、個人の感想なんだから」

「私なんかと比べたらプロの方に失礼です」

「謙遜《けんそん》する必要ないって。俺からすれば、一之瀬の手料理の方が何度も食べたくなる味で毎日美味しいって思ってるし」

以前なら、ファミレスの味で満足していた。それこそ、大好物の唐揚げも今よりももっと美味しいと感じていた。けれど、深月の舌は変えられてしまった。今はどれだけお金があっても亜弥の手料理の方を求めてしまうし、なんならお金を払ってでもずっと作り続けてほしいとさえ望んでいる。

というか、いつまでも貰《もら》いっぱなしは悪いのでそこら辺はいずれきちんとお礼をしようと思っている。

「……ご機嫌《きげん》取りは結構です」

「本音なんだけどな」

「……おだてても野菜を減らしたりはしませんから」

騙してすぐだからか亜弥はなかなか信じようとしない。

仕方ないかと納得していれば亜弥の頬がうっすらと赤いことに気付いた。

あまり褒《ほ》められ慣れていないのだろうか。動かす手が速くなり、あれだけ攻撃的《こうげきてき》だった口も今はもぐもぐと咀嚼《そしゃく》するだけで鳴りを潜《ひそ》めている。

分かりやすく照れている姿は鑑賞《かんしょう》には丁度いい愛らしさがあり、それだけで白米に味が加わったような気がしながら深月は箸《はし》を進めた。

「今日は素敵《すてき》な初体験をありがとうございました」

「お礼だからな。というか、誰《だれ》にも言うなよ、マジで。殺される」

誤解を招くような発言に深月が頬を引きつらせると亜弥は小首を傾《かし》げた。

その無垢《むく》な表情からは何も理解していなさそうだ。

「聖女様とファミレスに行ったって知られたら俺が羨ましがられるんだよ」

「言いませんよ、誰にも。私だって、避《さ》けられる面倒《めんどう》事は避けたいですし、二人の秘密です」

「助かる」

深月のような冴《さ》えない男子とファミレスに行ったと知った男子が自分も自分も、と亜弥に群がるのは想像に難《かた》くない。今は聖女様と呼ばれてムッと眉《まゆ》を寄せているが、学校では聖女様の笑《え》みでそういう煩わしさを隠しているのだ。お互いのためにも口外しない方がいいだろう。二人の秘密が増えたことには感じるものがあるが。

「それより、これ。ありがとうございます」

そう言って亜弥が財布《さいふ》から取り出したのはファミレスのレシートだった。

家計簿《かけいぼ》をつけない深月はレシートを貰ったり貰わなかったりとバラバラだが、亜弥が今日の記念に欲しいと言うので受け取ってプレゼントした。

「レシートなんて貰って嬉しいか？」

「初めてですからね。こう見えて、結構感動しています」

「まったくそうには見えない」

相変わらず表情の読めない亜弥が感動しているとはとても思えないがじいっと見ているし、本人が言うのだからそうなのだろう。プレゼントにレシートを贈《おく》る、というこの先の人生で二度としないであろう行為《こうい》に及《およ》んだ深月は稀《まれ》なものを見るような目で亜弥を眺めながら案外楽しんでいた姿を思い返していた。

まるで、もう二度と来ないから一生分堪能《たんのう》しておこうとしていた姿を。

「今度は友達でも誘《さそ》って行ってみろよ。女の子同士なら気軽に行けるだろ？」

女子高生が放課後にファミレスで会話に花を咲《さ》かせるのはとてもありがちな光景だ。だからこそ、男子という存在を気にせずに楽しんでくればいいと思って提案したのだが亜弥から返ってきたのは思ってもいないことだった。

「お友達なんていません」

休み時間になれば、亜弥は常に人に囲まれ誰かと一緒《いっしょ》に行動している。

——それなのに、友達がいない？

深月には訳が分からなかった。けれど、デリカシーに欠けていたと反省はした。

「ごめん」

「気にしていませんよ」

後悔しても遅《おそ》かった気がする。本当に気にしてないような笑顔を浮《う》かべるからこそ、亜弥が少しだけ怖《こわ》かった。

「休み時間に囲まれてるだろ。あいつ等《ら》は友達じゃないのか？」

「勝手に集まってくるだけで、お友達と呼べるような間柄《あいだがら》になった人はいません」

「……寂《さび》しく、ないのか？」

「ええ。一人の方が気楽ですので。月代くんは友達がいないと寂しいのですか？」

「いいや、俺だって友達はいるけど一人の方が気楽で好きだ」

だから、明確に友達と呼べる二人以外とは極力関わらないようにしている。

けれど、寂しさを埋《う》めるためになった訳ではないが、深月にはいるのだ。クラスでも影《かげ》のように薄い存在の深月にも友達と呼べる相手が。

なのに、あれだけ囲まれて学校で目立つ亜弥には一人も友達がいない。

「周りに人がいてもうるさいだけですからね」

休み時間、友達と呼べる相手ではなくても聖女様と慕《した》われて誰かと過ごせれば寂しくないのだろうか。

——違うよな。

一人が好きで問題はないし、亜弥の何が分かるんだという話だが学校で毒舌《どくぜつ》にならないのは聖女様としてのイメージを崩《くず》さないためだろう。聖女様で居続けようとする理由は知らないが聖女様じゃなくなれば周りから人が離《はな》れていくと危惧《きぐ》しているのかもしれない。

現に浮かべる亜弥の笑顔は時々、そんな風に重たく暗く思えるのだ。

それに、亜弥は随分《ずいぶん》と邪魔《じゃま》者扱《ものあつか》いされることに怯《おび》えていた。

そんな女の子が一人になるのを怖《おそ》れてないことはないはずだ。

「そりゃ、お前の場合は耳障《みみざわ》りでしょうがないだろうな。けど、そんなモテモテのお前にも俺が勝っている部分があるんだって知って安心した」

「友達の数で勝負などくだらないですね。そもそも、友達ですから正確にはあなたの力じゃないですよ。他人の力を借りて勝ち誇《ほこ》って器の小さい方ですね」

「なんだよ、負け惜《お》しみかよ。ボッチちゃん」

「友達が多ければ偉いんですか？　友達がいなくても私はあなたより成績が良いです」

正論をぶつけてくる亜弥に深月の方が苛立《いらだ》ちを覚えそうになるがグッと堪《こら》える。

亜弥は亜弥で冷静に振《ふ》る舞っているが、ボッチと言われた瞬間《しゅんかん》にピクリと肩《かた》が反応したので少なからず効果はあると、深月はそのまま嫌味を続けた。

「友達いないと放課後に遊んだりしないから勉強する時間増えるもんな」

「私が空いた時間に何をしようと私の勝手でしょう。そもそも、放課後に遊んで何になるのですか？」

「……青春の一ページ？」

「あなただってよく分かっていないではないですか……」

毒気を抜《ぬ》かれたのか、苛立ちを募《つの》らせていた亜弥から気の抜けたようなため息が漏れる中、深月は力強く頷《うなず》いた。

――そりゃそうだ。俺だって、早く家に帰ればいいものをわざわざどこかに寄って遊んで時間を潰す意味なんて分かってないんだから。

放課後に遊ぶなんて滅多《めった》にしない深月に説明を求めても無理な話なのだ。

けれど、明に誘われて意味の分からない時間を過ごす内に知ったのだ。そんな時間さえ過ごせなかった昔が残念だと思ってしまうほど、悪くはないんだと。

だから、深月は一時の気の迷いが変な方向へと舵《かじ》を切ってしまった。

「というか、私はどうしてそんなことを言われないといけないのですか。別に、私がどうであろうとあなたには関係ないでしょう」

「……俺《おれ》と一之瀬の友達の数を今すぐ同時に増やす方法があるって言いたかったんだよ」

亜弥からすれば余計なお世話に違いない。そう理解した上で深月は思ってしまった。

なれるのなら、亜弥の初めての友達になりたいと。今度は友達として、理由なんかなくても気軽にファミレスに行かないかと誘ってやりたいと。

おこがましいことは分かっている。

断られるのは確実で期待もしていない。

遠回しだし、気付かないなら段々恥《は》ずかしくなってきたからその方が助かった。

けれど、亜弥はその意味を理解したらしい。

「え……あ……う」

頰《ほお》を赤くしながら、声にならない声量で言葉を紡《つむ》いでは目を忙しなく泳がせる亜弥に深月も顔を熱くさせる。

——その反応は反則だ。

バッサリと断られてお終《しま》いだと考えていたから、予想もしない反応を見せる亜弥に胸中で叫《さけ》んだ。

「か、考えておきます。さようなら」

敵前逃亡《とうぼう》だった。早口になりながら、余地を残して逃《に》げていった亜弥の後ろ姿が勢いよく扉を閉められた後も頭から離れない。

「余計なことしたな……」

夜風に吹《ふ》かれ、頭の熱が消えていくと冷静になれた。

亜弥と友達になりたいという思いは弱くなり、どうしてあんな提案をしてしまったのか自分でも謎《なぞ》だ。これで、下心を持たれていると思われ、お裾分けがなくなれば自分の言動を呪《のろ》うしかない。

火照《ほて》った体を冷ますため、もうしばらく夜風に当たりながら深月はため息を溢《こぼ》した。

「明日から、どんな顔して会えばいいんだよ……」

第3章 聖女様と体育祭

「にしても、改めて怪我《けが》が治って良かったな。リレーは片手でもどうにかなるけど、玉入れは利き手《きて》が使えないんじゃ入れにくいもんな」

「元からそんなに活躍《かつやく》しようとは思ってねえよ」

今日は二日後に迫《せま》った体育祭に向けて、学校での全体練習が行われている。

競技を実際に競《きそ》ったりはしないが、出番や一日の流れなどを確認している。

深月《みづき》達にとっては高校生になって初めての体育祭。上級生の動きや先生の指示に従いながら各自出場する出番がくれば、集合場所に集合して元の位置へと戻っていく。

たった今、玉入れの流れを確認して戻ってきたところで明《あきら》にそんなことを言われた。

「相変わらず、やる気のなさが目立つなあ」

「やる気ないからな」

わざと手を抜いたりはしないが、特別頑張《がんば》ろうとも意気込《いきご》んでいない。

適当に臨んで適当に終わらせる。頑張りはしないが、文句は言われない程度には取り組む。それが、深月のスタイルだった。

「まったく。周りの男共はあんなにやる気に満ちてるってのに」

ほら、と言われ視線を向ける。何やら、まだ本番でもないのに当日かというくらい燃えている男子が大勢いた。ハチマキの赤色からして同じ一年生だということが分かる彼等《かれ》の視線の先には一人の女の子が体育座りをしている。

自分が出場する短距離《たんきより》走やクラス対抗《たいこう》リレーは午前の部で既《すで》に確認を終えているからすることがなくて暇なのだろう。

クラスメイトであろう女子達に話しかけられ、聖女様の笑みを浮かべている姿を見て納得した。

「当日までに燃《も》え尽きなきゃいいけどな」

体育祭は、特に男子にとっては気になる異性へアピールする絶好の機会だ。

やはり、運動が出来る男子は少なからず女子からはカッコいいと言われるし、だからこそ亜弥《あや》に良い場面を見てもらえるように予行演習の今からやる気十分なのだろう。

その熱でも解かせないほど冷めきっている深月には相容《あいい》れない相手だからどうでもいいし、どうせなら自分の分まで頑張ってほしいなと思う。

「聖女様の人気は変わらずスゲエよな」

「ああ、そうだな。だからなんだ、って話だけど」

「ん、なんか今日の深月くんは不機嫌《ふきげん》ですか？」

「は、別に？　そんなこと、全然ないですけど？」

言いながら、亜弥から視線を逸《そ》らす。気が付けば、亜弥にばかり意識が持っていかれそうで深月は意味もなく舌打ちを鳴らした。

「ちょ、そんなに怒んなって」

「怒《おこ》ってない」

「けど、目が怖くなってる」

「うるさい。鋭《するど》いのは生まれつきだ」

本当に怒っていないのに余計なことを言われてイラッとしてしまった。

もう一度、亜弥のことを明にばれないよう盗《ぬす》み見れば亜弥は先ほどと何も変わっていなかった。

「……そいつらとは、普通《ふつう》に話すんだな」

ボソッと出てきた言葉がまるで嫉妬《しっと》しているみたいで深月は自分に嫌悪感を抱いた。

ここ三日の間、深月は亜弥に避けられていた。お裾分けは決まった時間に必ず届けてくれる。けれど、受け取る時も入れ物を返す時も亜弥は目も合わせず、用件が済めばわざと距離《きょり》を空けるようにそそくさと帰っていく。

原因は、間違《まちが》いなく深月の発言だろう。二人でファミレスに行った日、友達になろうと遠回しにだが言ったせいで下心を抱かれていると亜弥に思われてしまった。

悪いのは軽はずみな発言をした深月だし、不安だったお裾分けは毎日引き続き貰えている。味に変わったところはなく、美味しい。元々、会っても世間話をするような仲ではなく、絶品料理で胃が満たされればいいと思っていた。いや、今も思っている。

なのに、深月は胃が満たせても以前ほどの胸までは満たせない日々が続いていた。

「お、次は閉会式だって。これが、終わればいよいよ次は本番だな」

正体不明の不満を抱いていても予行演習はつつがなく終わりを迎《むか》え、教室へと戻る。

その道中でのことだった。

「アキくーん。やっほー」

閉会式が終わったばかりだというのにこちらに駆《か》けてくる女の子が一人。

「おー、ヒヨ。練習、お疲《つか》れ様《さま》」

「うん、アキくんもお疲れ。アキくんが走ってるところ見たかったよ～」

明と楽し気に話す彼女《かのじょ》の名は柴田《しばた》日和《ひより》。肩に届くくらいのオレンジがかった茶髪《ちゃぱつ》と名前の通り太陽みたいに明るい笑顔が特徴《とくちょう》のいつも元気な女の子。明の彼女である。

「あ、深月もいたんだ。てことは、ちゃんと練習に参加したんだね」

「ん、深月いないと思ってたのか？」

「うん。深月、影薄《かげうす》いしアキくんばっかり見てたから」

「目、腐《くさ》ってんのか、この野郎《やろう》。今すぐ眼科行ってこい」

「へへ。俺もヒヨのことずっと見てた」

「おい、友達が酷いこと言われてるのに照れるな。ていうか、お前も普通に言うな」

深月の抗議《こうぎ》の声など全く耳に届いていない二人に呆《あき》れてため息が漏れた。

二人はいつもこうだ。中学を卒業してからのラブラブカップルでお互《たが》いを愛しており、周りに人がいても関係なくイチャイチャし始める。学年の間では、有名なバカップルと呼ばれていて深月もその通りだと思っている。本人達はそんなつもりはないようだが。

「気付いてほしいなら深月も目立てばいいじゃん」

「そーだそーだ」

「常に騒《さわ》がしいお前と一緒にするな。人には向き不向きがあるんだよ」

「なら、私が悪いみたいに言わないでよ。失礼しちゃう」

「そーだそーだ」

「なんで、俺が悪いみたいになってんだよ……明は黙れ」

月代《つきしろ》深月、田所《たどころ》明、柴田日和は友達である。

友達になった経緯《けいい》は、熱い友情ドラマなどはなく、いたってシンプルなもの。席の前後で深月が明に話しかけられるようになり、明の彼女である日和が教室に遊びに来ていた時に反応が面白いと気に入られ、最初の内は避けていた深月だが避ける方が面倒になり根負けしたからというもの。

二人と一緒に居ると何かと理不尽《りふじん》な目に遭《あ》うが気心が知れた仲で馬鹿みたいなやり取りも気軽に出来る楽しい空間だと、深月は思っている。

「ていうか、日和は何しに来たんだよ」

「そんなの決まってるじゃん。アキくんに会いに来たんだよ」

「あー、はいはい。聞いた俺が馬鹿でした」

「体育祭、楽しみだね。私、アキくんのために美味しいお弁当作るからね」

その言葉を聞いて、明の顔からサッと血の気が引いていく。

「お、おう。張り切りすぎなくていいからな。寝不足《ねぶそく》は怪我に繋《つな》がるし」

詳《くわ》しくは知らないが、日和の味付けはかなり独特なものらしい。何度も食べさせられているA君が情報源だ。

「やーん。アキくん優《やさ》しい。当日は頑張るね！」

どうやら、墓穴《ぼけつ》を掘《ほ》ったようだ。十一月に半袖《はんそで》という元気な姿の日和は意気込むように腕《うで》を曲げた。白くて細い腕に力こぶはないが、やる気満々といったことが伝わってくる。

「そんなに楽しみなもんなのかね、体育祭なんて面倒なだけだろ」

「え、だって、丸一日勉強しなくていいんだよ？　嬉《うれ》しいじゃん」

ケロッと答えた日和をらしいなと思って、深月はつい笑みを溢した。

――やっぱり、この二人といると気が楽になるな。

完全に不満が消えた訳ではない。どうせ、夕方にはまたモクモクと現れては胸を埋めていくだろう。けれど、今だけは亜弥のことを頭から追いやって談笑《だんしょう》を楽しんだ。

「どうぞ」

その日の晩も亜弥は決まった時間にいつものようにやって来てはお裾分けを渡《わた》して帰ろうとする。事務的なやり取りに深月が礼を言う暇すらない。夕方もそんな感じだった。

洗った入れ物を受け取ってすぐに帰る。それは、当たり前のことなのにやはり深月には納得《なっとく》出来ないことだった。

以前なら、そこにほんの少しの会話があったのだ。今日なんかだと、体育祭の予行演習について話せたはずなのだ。

けれど、そんな僅《わず》かな時間すら与《あた》えてくれないように亜弥に避けられている。

「あのさ、この前のことなんだけど」

そうやって、深月は部屋に入りかけていた亜弥に声を掛《か》けた。

あの時のことは、忘れてもらって構わない。ただそれだけを伝えようとした。

けれど、亜弥はこちらを見ようともしなかった。

「話しかけないでください」

前を向いたまま、冷たい声で言われる。まるで、少しは仲良くなれたと思っていた深月との間に分厚い壁《かべ》を築くように。そんな態度に深月の心にもつい小さな火が灯《とも》った。

そんなに亜弥の気分を害するようなことをしただろうか。

確かに、後先考えずに自分の気持ちも分からずに曖昧《あいまい》な言葉で軽はずみなことを言ったとは思う。けれど、それはそんなにも悪いことだったのだろうか。ストレートに友達になってください、と言えるほど深月は亜弥を意識していない訳ではない。

今までは自分に非があると思っていたが、そんな風に考えるのも馬鹿馬鹿しい。

「分かった。悪かったな」

元から、亜弥とはこうだったのだ。イレギュラーな日常が続き、勘違いしていた。

亜弥と友達になんてなれない。ならなくていい。決めたではないか。これからも、関わることがないお隣《となり》さんのままでいると。

亜弥が穏《おだ》やかな時も呆れられた時も怒っている時も、深月はどんな顔をして部屋に戻るのか見送っていた。けど、今日は。最後に亜弥が浮かべていた表情を見る余裕《よゆう》はなかった。


そうして、迎えた当日はよく晴れた体育祭日和に尽きていた。

十一月にしては気温も高く、気合に満ちている生徒達は半袖半ズボンで出場していた。

クラスの垣根《かきね》を越《こ》えて、明の応援《おうえん》に来ていた日和は今日も半袖半ズボンで元気よく短距離走に出場する明の応援をしている。うるさいくらいに。

「いけー、アキくーん。そこだー、やれー！」

「その掛け声は可笑《おか》しくないか？」

「気合が入れば何でもいいの！　それよりも、深月もアキくんを応援して！」

「あー、はいはい。がんばれー。いけー。そこだー、やれー」

「もっとちゃんと応援してよ！」

「キレんなよ」

日和とギャアギャアとやりあっている間に明の出番がきて、一瞬《いっしゅん》で終わった。

部活動に入っていない明だが、運動はかなり得意な方だ。運動部がいる中で、先頭でゴ

ールテープを切る姿に日和の高い声がより一層高くなり、黄色い声が上がった。

「きゃー、凄《すご》い速いカッコいい！　見た、深月？」

「見た見た。凄いな」

「本当に見たの？　感動が薄《うす》い！」

「そう言われてもな……俺、日和みたいに明のファンじゃないし」

「私はファンじゃなくて彼女！　ん、あれ。好きってことはファンでもあるってこと？」

「知るか。急に真面目《まじめ》に考えるな」

男子の出番が終わり、次は女子の順番となる。ということで、退場した明が帰ってきた。

「アキくんアキくん。カッコ良かったよ！」

「なっはっは。ヒヨの応援のおかげだな！」

「愛の勝利だね！」

「馬鹿馬鹿しい」

「冷めたこと言ってないで深月もアキくんを称《たた》えて」

「へーへー。おめでとー」

「もっと真面目にして！」

適当にあしらったせいで日和は頬を膨らませて地団太を踏《ふ》み始めてしまった。

亜弥よりも低い身長のせいで、女子高生とは思えない。怒《いか》りを露《あら》わにしている姿はさながらお菓子《かし》を買ってもらえず拗ねる子供のように見える。

「落ち着けー、ヒヨ。深月は照れ屋だから今ので精一杯《せいいっぱい》なんだよ」

「待て、誰が照れ屋だ」

「そっかー。なら、しょうがないね。許してあげよう」

「おい、日和も信じるな」

二人の世界に突入《とつにゅう》したバカップルに深月の声は届いていないようだ。日和はずっと凄いと明に興奮しているし、明はそんな日和が可愛《かわい》くてしょうがないらしく、上機嫌《じょうきげん》に頭を撫《な》でている。

「イチャついてるとこ悪いんだけどさ、日和ってここに居ていいのか？」

「もう、野暮《やぼ》なこと聞かないでよ。どこのクラスも似たようなもんだしいいの」

二人の空気に介入《かいにゅう》したせいで怒られてしまった。理不尽だ。どっか人気のない所に行けばいいのに。そんなことを思いつつ、改めて周囲を見渡《みわた》してみる。他のクラスに友達がいない深月は決められた定位置で待機していたが、友人や恋人《こいびと》と共に過ごそうと垣根を越えている生徒は大勢いて自由らしい。

ほら、と日和に視線を誘導《ゆうどう》された先には同じクラスでない女子達が一人の男子を囲むように集まっていた。

「桜坂《おうさか》くん、気分悪くない？」

「うん、大丈夫《だいじょうぶ》だよ。心配してくれてありがとう」

「寒かったら、私の上着貸してあげるから言ってね」

「あはは……」

「はい、あったかいお茶だよ」

至《いた》れり尽《つ》くせりの状況《じょうきょう》で困ったように苦笑《くしょう》を浮かべるのは深月のクラスメイトである桜坂春馬《はるま》。男子生徒にはあまり見えない、どちらかという可愛いといった感想がよく似合うれっきとした男子生徒だ。

何やら、体調があまり優《すぐ》れている方ではないらしく、そこが儚《はかな》げな美少年として母性本能を刺激《しげき》して、守ってあげたいと思わせるのか周りはいつも女子で埋まっていた。

今も温かいお茶を飲み、ほうっと幸せそうな顔をしただけで黄色い歓声《かんせい》が上がっている。

「相変わらず、春馬はモテモテだな」

女子に囲まれて羨《うらや》ましそうに嫉妬している男子達も含《ふく》めながら、遠巻きに見て明は呑気《のんき》に言っている。彼氏《かれし》一択《たく》の日和が優しくはしても、気持ちまでは移らないと信じ切っているのだろう。

「そうだな」

「こっちはこっちで変わらず無関心だな」

「実際、ほとんど関わらないからな」

クラスメイトとはいえ、今までろくに会話したことがない。むしろ、クラスに馴染《なじ》めていない深月にも気兼《きが》ねなく挨拶《あいさつ》してくれる数少ない人で嫉妬する気すら湧《わ》かない。

「普通に話せばいいのに。いい奴《やつ》だぜ？」

「それは、知ってる。けど、人気者は人気者同士で仲良くしてればいい」

誰とでも分け隔《へだ》てなく接する春馬は聖女様に劣《おと》らずの有名人だ。学年で知らない人はいないのではないだろうか。

そんな春馬と深月が会話をしても長続きはしないし、周りからはなんだコイツと訝《いぶか》し気《げ》な目で見られるだろう。明や日和と一緒でさえ、不思議に見られているのだからわざわざ仲良くしようとは思えなかった。

「ほんと、深月って陰《いん》キャだよね」

「やっぱ、ヒヨもそう思うよなー」

「うんうん。もっと、みんなと仲良くすればいいのに」

「うるさい。俺が誰と仲良くしようが勝手だろ。それに、お前達二人で十分なんだよ」

「な、なんだよー。急にそんなこと言って恥ずかしい奴だなー」

「そ、そうだよー。デレたら深月が深月じゃなくなるからダメ」

「お前らがうるさくて騒がしいって皮肉だよ、バカップル」

体をクネクネうねりながら、間抜《まぬ》けな笑顔《えがお》を晒《さら》す二人が気持ち悪くあると同時に、幸せそうにしているので深月も気付かれないように唇《くちびる》を緩《ゆる》める。

こういうやり取りも嫌《きら》いではなく、ああは言ったが二人がいるだけで割りと楽しい学校生活を送れているので満足していた。言えば、照れ隠《かく》しのためにからかわれるだけなので絶対に内緒《ないしょ》だが。

もー、と二人に両肩《りょうかた》をバシバシ叩《たた》かれている時だった。

今日一番の歓声が聞こえてきて、三人でグラウンドに目を向ければ深月はしまったと後《こう》悔《かい》に顔を歪《ゆが》ませた。

「相変わらず、聖女様も人気凄いねー」

短距離走のスタート位置に立つ亜弥は集中しているらしく、応援にはいつもの作り笑顔を浮かべながら応えている。

まるで、アイドルみたいな対応に日和の感心にも同意出来た。

運動が得意な亜弥でも普段《ふだん》よりも大勢に見られるのは緊張《きんちょう》するのか、胸に手を当てて深呼吸を繰《く》り返《かえ》している。

「ま、可愛いし綺麗だからな。ヒヨが一番だけど」

決めゼリフっぽく言った明だが、日和は亜弥を食い入るように見ていて聞いていない。

落ち込《こ》んだ明に深月は内心でほくそ笑んだ。

「はあ～一之瀬《いちのせ》ちゃん、可愛いなぁ。羨ましいなぁ」

「彼氏はお前が一番とか臭《くさ》いセリフをポーズ決めながら言ってたぞ」

「やめろ、深月。お前には人の心はないのか⁉」

いつもの仕返しだ、と顔を赤くする明を深月は見えていないように無視した。

「それに、一般的《いっぱんてき》に彼氏の贔屓目《ひいきめ》抜《ぬ》きにしても俺もお前は十分可愛いと思うぞ」

「え、ごめんね、深月。気持ちには応えられない。私にはアキくんがいるから」

「え、ごめんね、日和。俺も日和みたいにうるさくて騒がしいのは苦手なんだ」

「うわーん、アキくん。深月が意地悪だよー！」

「こら、深月。ヒヨを虐《いじ》めるな」

「お前こそ、日和を甘《あま》やかすな」

あくまでも、世間から見た評価をしただけなのに勘違いされては腹が立つ。

そもそも、友達の彼女に手を出そうなんて思いもしない。

この場にいる全員、冗談《じょうだん》だと笑って流せる仲なのでとやかく言うことはなく、改めて深月は日和を見た。

「ほんと、聖女様を羨む必要なんかないぞ」

容姿だけで人間の魅力《みりょく》が決まったりしない。亜弥には亜弥の、日和には日和の魅力がそれぞれある。

日和には、感情を表現する素直《すなお》さがあるし、太陽みたいに明るい笑顔もある。裏表のない性格で友達も多く、誰とでも仲良くなれる能力だって備わっている。

それらは、決して亜弥にはない日和だけの魅力だし、亜弥の黒聖女の部分を知っている深月からすれば日和と一緒にいる方が気楽でいいとさえ思う。

——アイツとはお隣さんのままでしかないからな。どうでもいいけど。

結局、あれからも亜弥の態度は変わらず、もう深月も割り切っていた。

だから、普段は決して褒めない日和を柄《がら》にもなく褒めてしまった。

「そう言ってくれるのは嬉しいんだけどさ、一之瀬さんって完璧《かんぺき》じゃん？　顔とか小さいのにスタイルはいいしさ。憧《あこが》れちゃうな」

ああなるほど、と出かかった言葉を呑《の》み込みながら深月は納得した。

身長は二人とも低い方なのに起伏《きふく》のあるスタイルが日和からすれば羨ましいのだろう。

ただ、口にすれば殺されそうな気がするので聞こえないふりをしてやり過ごす。

「大丈夫。ヒヨはそのサイズで十分可愛いからないものねだりしなくていい」

お前は馬鹿か、と親指を立てながら日和を励《はげ》ます明を睨《にら》んだ。

羨ましそうに呟《つぶや》く日和が可愛かったのだろうが、今の一言は絶対にいらなかった。

案の定、日和は物凄《ものすご》い笑顔で明の耳を引っ張っている。

「ねえ、アキくん。今どこ見て言ったの？　ねえ、教えて？」

笑顔なのに目が笑っていない日和は見ているこちらまで背筋が凍《こお》りそうだった。

「ちょっと、アキくんとお話ししてくるからまたね、深月」

「あ、ああ。ほどほどにな」

「楽しいお話しするだけだよ」

捨てられた子犬のような目で引きずられていく明が助けを求めてくるが深月は無視した。今の日和を止めようとすれば間違いなく飛び火する。関わらないことが最善だ。自分の身は自分で守る。

南無阿弥《なむあみ》、と両手を合わせながら送り出していたらスタートの合図が聞こえ、短距離走女子の部が開始された。

次々に走者が替《か》わっていき、亜弥の出番はすぐにやってくる。

美しいフォームは魅了《みりょう》するかのように周りを静寂《せいじゃく》にさせ、気付いた時には先頭でゴールテープを切っていた。湧き上がる歓声の中、亜弥は何事もなかったように頭をペコリと下げる。

「……もう割り切ったはず、なんだけどな」

亜弥が走っている間、夢中になって彼女の姿を追いかけていた両目をそっと閉じる。

亜弥とケンカした訳ではない。なのに、黒い煙《けむり》のようなものが胸を満たす。

――早く、終わってくれないかなあ。

どんなに願っても体育祭の進行速度は変わらない。一つずつ、ゆっくりと始まっては終わっていく。出場する種目が午後からの深月は、学年別クラス対抗リレーまでかなり暇《ひま》な時間を過ごしたが、いよいよ体を動かす時がやって来た。

一年生全員で移動し、それぞれの配置に着く。その前に、深月のクラスは円陣《えんじん》を組むことになった。みんなで力を合わせるためにだ。

深月が体育祭を苦手とするのは運動が苦手な訳ではない。むしろ、基本的には練習すればある程度何でもこなせるようになる。だから、苦手なのはこういう空気がだった。

一致《いっち》団結することはクラスの絆《きずな》が深まる良いことだ。けれど、そうすることで失敗出来ない空気が生まれ、気を引《ひ》き締《し》めないといけないことが嫌《いや》だった。

走る前に重たくなった足で移動して、順番が来るまで待機する。

「暗い顔するなよ。足、普通に速いじゃん」

「走りたくない訳じゃないけど、めんどくさいなって」

「あ、ヒヨの番だ。ヒヨー、頑張れー！」

「聞けよ。あと、堂々と他クラスを応援するな」

本当にさっきまで怒られていたのか、と疑いたくなるくらい明は大声で日和の応援をしている。敵クラスの応援で鋭い視線が突《つ》き刺《さ》さるのも全く意に介《かい》さずに。日和はクラス順位二位でバトンを渡すことに成功し、明も満足気に頷いている。

「ヒヨも頑張ってたし俺も頑張らないとな」

「やる気があって偉《えら》いな、明は」

「ヒヨにカッコいいとこ見せたいし」

「クラスのためじゃないのかよ」

「そんなの二の次だ二の次。俺はヒヨにカッコいいと思われたい。それだけ」

「はいはい。どんなお前でも日和はカッコいいと思ってるよ」

「だよな～」

結局は惚気話《のろけ》か、と定例化しているパターンに突入して深月は嘆息《たんそく》。

愛の力、とやらを馬鹿馬鹿しいと思うがここまでやる気を出させるのは凄いと感じる。

深月には、昔はあったが今はもう頑張る理由がない。順位も気にならないし、知らせていないから見に来る親もいない。

だからこそ、体育祭にやる気も出せないし早く家に帰ってのんびりしたいと他人事のようでしかない。

「深月も誰《だれ》かのために頑張ろうって思えばやる気出るんじゃね？」

「誰のためにだよ」

「誰でもいいよ。クラスとか俺とか」

明のためだけはないとして、クラスのためとかプレッシャーを感じたくない。

そんなものは、運動部の運動が得意な奴に任せておけば勝手に頑張ってくれるだろう。

誰も浮かばず、ボーッと出番を待っていればとんとんと肩を明に叩かれた。

「じゃあ、あの人のためは？」

ニヤリ、とあくどい笑《え》みを浮かべる明の視線の先には今日何度見たか分からない亜弥がスタート位置に並んでいた。解《ほど》けないようにハチマキを結び直し、バトンを待っている。

「ねえよ、絶対に」

今日が絶好の機会だと聖女様にアピールしようとしている男子生徒は沢山《たくさん》いる。

けれど、深月だけは絶対にその群れの中に入ったりはしない。たとえ、亜弥に好意を抱《いだ》いていたとしても無駄《むだ》だということを散々思い知らされているのだから。

「さっきもだけどよ、なんで聖女様見てしかめっ面《つら》になるんだよ。癒《いや》されはしてもそんな顔はしないだろ」

「聖女様見るタイミングで目にゴミが入るんだ」

「そんな都合のいい話あるかよ。聖女様と何かあるのか？」

誰とでも仲良くなれる明なら、癪《しゃく》ではあるが相談すれば色々と助言をくれるだろう。

けれど、亜弥とお隣さんであることやこれまでのことは誰にも言えない秘密なのだ。

「関わったこともないんだ。何もないよ。眩《まぶ》しくて見てられないだけ」

長袖《ながそで》の袖口《そでぐち》で目を擦《こす》る演技をしながら、亜弥を見ないようにする。

だが、視覚で遮断《しゃだん》はしても聴覚《ちょうかく》が情報を伝達してきた。

目を開ければ、やはり亜弥にバトンが届けられ走り出しているところだった。

「うっわ。聖女様半端《はんぱ》ねえ」

細くて頼《たよ》りない足のくせに亜弥は前を走っていた三人に猛《もう》スピードで迫っていく。

一人、また一人と追い抜いていき、二位まで浮上《ふじょう》した亜弥にグラウンドがボルテージに包まれる。その歓声が背中を押《お》すのか亜弥は先頭を走る女子との差も一気に縮め、射程圏《しゃていけん》内に捉《とら》えた。

まるで、ドラマでも見ているような気分だった。

いくら、運動が得意だといっても亜弥が追い抜いたのは男子だ。体のつくりも筋肉だって違《ちが》っている。なのに、もろともせずに追い抜きどんどん順位を上げていく姿には深月も自然と熱くなっていた。

割り切ったことも忘れ、心の中で応援する。頑張れ、と。

誰の目にも亜弥がトップに躍《おど》り出るのは一目瞭然《いちもくりょうぜん》だった。

しかし、追い抜いたと思った次の瞬間には亜弥は地面で横になっていた。

「あちゃー。この場面で転んだのは痛いなー」

転んだはずみでバトンまで落とし、苦痛の表情を浮《う》かべる亜弥を走者達が次々と追い抜いていく。

そして、二位まで浮上した順位は一気に最下位まで落ちた。

「……ラッキー」

残念そうな声と心配する声が重なる中、どこかの誰かが言った。

どこからか、亜弥をあざ笑うような小さな笑い声まで聞こえた。

確かに、他のクラスからすれば亜弥が転んだおかげで順位が上がり、得をしただろう。

けど、間抜けな転び方をした訳でもない一生懸命《いっしょうけんめい》だった彼女を笑う権利なんて誰にもないはずだ。

笑った奴全員睨んでやる、と視線を巡《めぐ》らせてももう応援の声しか聞こえない。

それならもういい、と心配になって視線を戻《もど》せば亜弥はもう走り始めていた。

少しでも、順位を上げようとしているのだろう。頬についた砂も膝《ひざ》に顔を出した赤い血も気にしないで走っているが足が痛むのか先程《さきほど》までの速度はなく、順位は一つも変わらなかった。

バトンを繋ぎ、役目を終えた亜弥は駆け寄ってきたクラスメイトに申し訳なさそうに謝《あやま》り、頭を下げてから校舎の方へと消えていく。一人で歩く背中がより一層小さく見えて深月は胸の中がチクリと痛んだ。

「聖女様も悔《くや》しいだろうな」

「……さあ、どうなんだろうな」

心の奥底《おくそこ》で亜弥が何を思っているのか深月には分からない。

「絶対悔しいって。だって、もうすぐ一位だったんだぞ。俺なら悔しくてたまらねえよ」

「そうか」

「それに、あの聖女様が絶好の機会を台無しにしたって居づらいだろうな」

「そんなの周りが勝手に期待しただけで、聖女様に責任ないだろ」

「そうだけどよ。どっか行ったし、やっぱ居づらくなったんじゃねえの？」

「お前もう黙《だま》れ」

知ったような口を利く明が無性《むしょう》に腹立たしかった。

明の頭を叩き、強制的に黙らせようとしたがうるさい口は閉じない。

「いってえな。何すんだよ」

「うるさい。出番だから早く行け」

「え、マジ？　あ、ほんとだ。サンキュー」

会話に夢中になりすぎて気付いていなかった明は靴《くつ》ひもを結び直してからトラックに向かう。

「ちょっとでもやる気が出るように先頭でバトン繋ぐからな」

今現在、深月達のクラス順位は二位だ。先頭を走る生徒との差も少なく、足が速い明なら余裕で追い抜《ぬ》けるだろう。といっても、明は直接深月に繋ぎはしないのだが。

「責任重大だからいい」

「深月らしいなあ。ま、聖女様みたいに転《こ》けないよう気を付けろよ」

「……そんなの言われるまでもねーよ」

ふん、と鼻を鳴らしながら、呟いた深月の言葉を聞かずに明はバトンを受け取ると走り出す。靴ひもをいじってから順番になる深月もスタート位置に立った。

少し目を離《はな》した隙《すき》に明はもう先頭走者のすぐ後方まで迫っていた。

憂鬱《ゆううつ》そうな深月が少しでも楽しめるように。クラスに馴染めるように。

友達想《おも》いの明のことだ。そんなことでも考えているのだろう。まあ、一番は日和にカッコいい姿を見せたいからなのだろうが。

それでも、彼女や友達のために有言実行し、一位でバトンを渡すことに成功した明には素直に感心出来る。反対の位置からでも得意気になっていることが、大きく手を振《ふ》っている姿から容易《たやす》く想像がついた。

――けど、悪いな、明。俺《おれ》は一位とか興味ないんだわ。もう執着《しゅうちゃく》する理由もないし。

昔は、結果が全てだと信じ、突っ走っていた。

だが、今はもう順位とか興味もない。何位で回ってこようとやることは変わらない。

明にはどんな風に見えているのだろう。構える姿は真剣《しんけん》に見えているだろうか。

先頭で回ってくるバトンを受け取るために深月は助走を始める。

後ろに伸《の》ばした手にバトンが渡され、足に力を入れた瞬間《しゅんかん》に靴が脱《ぬ》げた。

ゆっくりとグラウンドが眼前に迫る。転ぶと同時にバトンが転がっていった。

次々と他のクラスの走者が追い抜いてから、深月は起き上がりバトンを拾った。

それから、不敵な笑みを浮かべると順位を少しでも上げるために走り出——したりはしなかった。

気だるげに。やる気がなさそうに。深月は走らずにゆっくりと歩き始める。

そのあるまじき行動に周囲は騒然《そうぜん》となり、深月には多くのブーイングが送られた。

そんな中でも、聞く耳を持たずに我関せずと歩き続けた。

実際、深月には結果も自分が周りからどう言われてもどうでも良かったのだ。

「走れよ、くそ」

一位から最下位へ順位を落としたからか、走らなかったからか。

半周歩き切った深月がバトンを渡そうとすれば、次の走者は奪《うば》うようにしていった。

「そんなに痛むのか？」

出番を終え、コースから出た所で明が駆け寄ってきた。顔には心配の色が滲《にじ》んでいる。

普段から、深月は何事も全力で挑《いど》まない。力を抜いて適当にやり過ごす。目立たないけれど、全くやる気を出さないことはない。体育の授業では何かの試合をする度《たび》にチームの勝利に一番貢献《こうけん》している。

クラスの誰も知らないけれど、明とは何度も同じチームになって、功績を褒《ほ》めてくるからこそ、今の出来事はよっぽど信じられないのだろう。

——そもそも、明が過信してるんだけなんだけどな。そんなつもりないし。

転んだ時に足首でも捻《ひね》ったとでも思っているであろう明に深月は首を横に振った。

「まーったく、痛くねえよ。ただ、走るのが面倒《めんどう》だった。それだけだ」

体育祭なんて楽しくも面白《おもしろ》くもない。ただ、面倒なだけ。

そう言い聞かせるために深く息を吐《は》きながら、転んだ所に目を向ける。

「あ、ちょっとだけ擦《す》り剝《む》いているな。ここに居ても空気悪くするし洗ってくる」

四方八方から白い眼を向けられる。同じクラスでも、そうでなくとも。誰もかれもが、深月をヤバい物でも見るかのように、ひそひそと口々に話している。

「ちゃんと戻ってこいよ。昼、ヒヨと三人で食べる約束してるんだからな」

いつもの仏頂面《ぶっちょうづら》のまま、この場を去ろうとしても明には止められなかった。

むしろ、ちゃんと戻ってこいと送り出してくれた。

きっと、明には何か考えがあるんだろうと見抜《みぬ》かれているのだろう。

むず痒《がゆ》い気持ちと共にプラプラと手を振りながら深月は水道を目指し、目的の場所を無視して校舎に入った。

本当の目的地である保健室の前へとたどり着くと扉《とびら》には一枚の紙が貼《は》られていた。

『解放厳禁。先生はグラウンドにいます』と大きく書かれた紙を気にせずに扉を勢いよく開けると肩《かた》をビクッと跳《は》ねさせる少女がいた。

「……文字、読めないんですか」

「誰にも入られたくないなら鍵《かぎ》でも閉めてろ」

よっぽど会いたくなかったのか、亜弥が唇を噛《か》みながら細めた瞳《ひとみ》で睨んでくる。

——止血しに行ったたって予想は正解だったけど……なんで、俺までここに居るんだ。

深月が転んだのもその後に走らなかったのもわざとだ。

『正直、聖女様にはちょっとガッカリだわ。あの場面で転んだのは俺の理想のヒロインと程遠《ほどとお》い』

同じクラスの男子が口にしたのを聞いて、深月は走らないことを決めた。

反感を買う行動を大衆の前で取り、注目を浴びる。そうすることで、亜弥が転んだ記憶《きおく》に少しでも上書き出来るんじゃないかと考えたから。

結果がどうかは分からないが、大ブーイングが起きていたし少なからず印象には残せただろう。

そこまでが、深月が意思を持って、亜弥の印象を薄めようとした行動。

そこから先は考えていなかった。亜弥のためとかじゃない、これ以上亜弥が笑われるのが嫌で深月が勝手にやったことを報告する気なんて毛頭ない。

まともに会話出来るかも曖昧で会いに来たところで帰されるだけかもしれない。

なのに、亜弥を探して来てしまった。

「……笑いに来たのですか」

「まさか。俺も転んだから手当てしに来た」

ほら、と言いながら証拠《しょうこ》に足を見せつける。

靴ひもを解き、転ぶことが分かっていた深月は地面とぶつかる直前に受け身を取ったため目立った外傷はないが所々赤くなり、擦り傷《きず》があった。亜弥の傷と比べると随分《ずいぶん》と可愛いものだが。

「先生はグラウンドですよ」

「こんな小《ち》っさい傷でギャーギャー言ってたら目立つからな。こっち来た」

「……ちゃんと洗ってきたならどうぞ」

ぽんぽん、と亜弥が座《すわ》っているソファの隣を叩いたのでホッと一息つく。

先程まで敵視するように警戒《けいかい》されていたので追い返されないことに安心した。

扉を閉めて、ついでに鍵もしてから亜弥の隣に腰《こし》を下ろす。

「……砂、ついてますよ。本当に洗ったのですか？」

「あー、落ちなかったんだろ」

雑に服の袖《そで》で払《はら》う深月を亜弥は不満気に見ていた。

「菌《きん》が入っても知りませんからね」

呆《あき》れながらも消毒をして、その上から絆創膏《ばんそうこう》を貼ってくれた亜弥に深月も呆れた。

亜弥は自分の怪我《けが》の処置をしようとしていたのだろう。机にはそれらの用品が並んでいる。

だと言うのに、亜弥は自分を後回しにして、怪我とも呼べない程度の深月を優先した。

「頭いた……」

「熱中症《ねっちゅうしょう》ですか？　水分はちゃんと摂《と》らないと。薬はあそこにあるので良かったら」

「そうじゃない」

お人好《ひとよ》し過ぎる亜弥に頭を抱《かか》える。頭痛の原因は的外れなお前だよ、と言いたかった。

「お前こそさ、先生に手当てしてもらえよ」

「自分で出来るのだから頼りません。他に用がある人がいれば邪魔《じゃま》になりますし」

「邪魔って……お前もこの学校の生徒だろ」

風邪《かぜ》を引いている時でさえ、他人を頼ろうとしなかった亜弥が誰にも頼ろうとしないのにはきっと理由があるのだろう。自分で出来るから頼らないのではなく、誰にも頼らなくていいように色々と身に付けたように感じられる。

口を堅《かた》く閉ざし、亜弥はピクリとも動かなくなってしまった。

曇《くも》らせた表情で俯《うつむ》く姿は何か言いたくても言えないと、我慢《がまん》しているように見える。

それを、深月は聞き出したかった。けれど、素直に話してくれるとは思わなかった。

他人に秘密をペラペラ打ち明けられるほど親しくなっていないし、むしろ今は避《さ》けられている。

そんな状態で聞いても意味はないだろう、と何も言わずに亜弥の膝に視線を向けた。

亜弥はちゃんと水で洗ったようだ。出血は続いているが濡《ぬ》れた跡《あと》があり、量が減っている。

「消毒すればいいのか？」

「関わらないでください」

「無理」

「む、無理って……どうして」

階段から亜弥が降ってきた日と同じ、冷たい声で拒絶《きょぜつ》した亜弥を深月は即答《そくとう》で拒《こば》んだ。

困惑《こんわく》したように亜弥の表情には焦《あせ》りが見える。

言われた通り、放っておいた方がいいのだろう。亜弥はそれを望んでいるのだ。関わらなければいい。

頭ではそう理解していても深月には無理だった。

「一之瀬だってそう言った俺のこと無理やり手当てしてくれただろ」

「だ、だって、あれは私が迷惑《めいわく》をかけたのが原因だからで……」

「急に家に入られた方がよっぽど迷惑だったからな。だから、その仕返しだ」

本来なら、関わるはずがなかったのにあの日からずっと関わっている。

そのきっかけを作ったのは間違《まちが》いなく亜弥が必要ないと言ったにもかかわらず、深月を放っておかなかったからだ。そのせいで、深月はこうして亜弥のために説明出来ない行動を取ってしまっている。

ならば、その仕返しをしたって罰《ばち》は当たらないだろう。

「……ごめんなさい」

「謝る必要ねーよ。めっちゃ助かったんだし。でも、俺にも迷惑かけさせろ」

「既《すで》に何回もかけられていますけど……」

「変だな。俺の記憶には俺から何か頼《たの》んだ記憶ってないんだけど。一之瀬は恩着せがましくするタイプだったのか」

「つい先日、お片付けの時に教えを乞《こ》うてきたでしょう」

「あれは教えてほしいって聞いただけだ。手伝うって出しゃばってきたのはお前の勝手だろ。それを迷惑に数えるな」

「……っ、そういうところ、嫌《きら》いです」

「あっそ。勝手に嫌っとけ」

何を言われて嫌われようが事実なのだからしょうがない。

実際に迷惑をかけているのも事実だが、それは亜弥が勝手に深月の自堕落《じだらく》な生活を気にしているだけで深月から救いを求めたことはないのだから。

「ま、世話になってるし恩を返せって言うなら喜んで鶴《つる》になるけどどな。でも、今は大人しく仕返しされとけ」

「……変です。意地悪の宣言なんて」

「急に何かしたらお前警戒するだろ」

「誰だってそうです。でも、月代くんが一番変です」

「それは、自分が一番思ってるよ」

おどけて言えば、亜弥はきょとんと目を丸くした。

ここ最近、深月はずっと誰かに操《あやつ》られているみたいに変だ。

自分の利益になるように他人を利用して働いた成果を得る過去を終え、深月は決めたのだ。もう二度と何事にも熱意をもって取り組まないと。疲《つか》れるのはこりごりだと。

それなのに、亜弥に対しては体が動いてしまう。その衝動《しょうどう》の根底にあるものが何なのか知らないまま。

自分のことを変人だと理解している深月が可笑《おか》しかったのか亜弥が頬《ほお》を緩めた。

先程から、ずっと固いままだった表情がようやく緩み深月も安堵《あんど》した。

そして、それを好機だと捉え、床《ゆか》に膝を突いて消毒液を手にする。

そこで、亜弥の体が小刻みに震《ふる》えているのに気が付いた。

「……お前、ビビってるのか?」

「か、勝手なこと言わないでください。消毒液如《ごと》き、余裕《よゆう》です」

強がってはいるが、亜弥の耳が赤くなっている。目がじんわりと滲み出してもいた。

でも、と亜弥が口を開き「や、優しくしてくれると嬉しい、です……」と頼んできた。

――ま、まあ、この傷だと絶対に沁《し》みるはずだもんな。乱暴になんて出来っこない。

甘えるような言い方に深月は動揺しそうになりながらもどうにか「頑張ってみる」とだけ答え、ポケットを漁《あさ》り、取り出したハンカチを亜弥の手に握《にぎ》らせた。

「……なんですか、これは」

「消毒液に負けて泣く聖女様は見たくないからな。隠しとけ」

「だから、聖女じゃありません……月代くんの意地悪。優しくない」

「嫌がらせのターンだからな。とことん嫌な思いさせてやるよ。ほらほら、痛むぞ〜沁みるぞ〜。泣くか？　泣いちゃうか？」

「な、泣いたりなんか……しません」

消毒液が傷口に落ちる度、亜弥は肩を小さく跳ねさせる。

深月の手前、痛がれば余計にからかわれると我慢しているのだろう。

普段、色々と酷《ひど》いことを言われている仕返しを、と考えていたが力強く目を閉じて耐《た》えているのでやめておく。

代わりに別のことを伝えた。今なら、話を聞いてもらえそうだったから。

「この前のことなんだけどさ、悪かった」

「……どうして謝るのですか？」

「そんなつもりなかったけど、お前のこと怒《おこ》らせたからさ」

「……別に、怒ってはいませんよ。怒るようなことをされたとも思っていませんし」

「……じゃあ、なんで避けてたんだよ」

聞きながら、深月は体温が上昇《じょうしょう》するのを感じた。今は絶対に顔を上げられない。

「……分からなかったんです。月代くんは私をなんとも思ってないと信じていたからあんなことを言われて、結局、月代くんも私に近付こうとしているだけなのかなって。だから、しばらく様子を見ようと思って」

そうだ。深月は亜弥に言っていた。これまで通りなんにもないと。

それを打ち壊《こわ》したのは亜弥だが、それは深月の言葉を信じたからだ。

信じていたものに裏切られたら信じられずに距離《きより》感を測っても当然のことだ。

「それで、俺のことは何か分かったのか？」

「いいえ。やっぱり、変な人だなということ以外は何も」

「だろうな。俺だって、あの日、なんであんな提案したのかよく分かってないし」

「私に近付こうとしたのではないのですか？」

「そう思われても仕方ない発言したけどさ、言っただろ。自意識過剰《かじよう》もほどほどにしとけって」

「思わせぶりなこと言った口がよくもまあそんなことを……いったい、どれだけ私が悩《なや》まされたと思っているんですか」

手当てしている手が止まり、深月は目を丸くして亜弥を見た。空耳じゃないかと耳を疑いながら。

「……なんですか、その目は」

「いや、悩んではくれたんだなって」

「か、考えておくと言いましたから」

深月には知られたくなかったのだろう。亜弥の頬にゆっくりと朱色《しゅいろ》が浮かんでくる。

それを見ながら、深月も顔が熱くなるのを感じ、急いで俯いた。

てっきり、悩みもせずにどうでもいいと頭から追い出されているとばかり思っていた。

いや、その方が深月としても気が楽で良かった。だと言うのに、嬉《うれ》しいと感じている。

その訳を知らないまま。

——だからって、友達にはなれないよなあ。

「結論は出たのか？」

「……はい」

自分と亜弥がどうなるのかを思うと少し緊張した。ただ、まあ。結果はどうであれいいと感じている。

「せっかくのご提案ですが、お断りさせてもらいます」

「そうか」

期待はしないと決めていたし、深月も亜弥と友達になりたかった訳じゃない。

だから、やっぱりそうか、と受け入れられた。

「私は、友達というものがよく分かりません。何をして、どこからがそう呼べるのか」

「難しい話だな」

「ええ。だから、こんな私と友達になってもあなたに迷惑をかけるだけになります」

聖女様と友達になれば、深月の学校生活は今と百八十度変わってしまうだろう。

嫉妬《しっと》や羨望《せんぼう》の眼差《まなざ》しを向けられ、注目の的になることは想像に容易い。

それは、目立ちたくない深月にとっては望んでもいないことだ。

だが、迷惑かと聞かれたら、それは周囲の反応で亜弥に対してじゃない。

――けど、それを伝えたところでまた悩ませて、距離を置かれるのは嫌、なんだよな。

「本当に申し訳ありません」

「謝らなくていいから、そんな顔するな」

「ですが、月代くんを傷付けてしまいましたし」

「傷付いてねえよ。てか、どの口が言ってんだ」

普段、あれだけ毒舌《どくぜつ》で容赦《ようしゃ》なく口撃《こうげき》してくるくせに変な所で気を遣《つか》う奴《やつ》だな、と思う。

暗い顔になった亜弥は自分を責めているように見えて、どうにかしたかった。

「ほんと、お前が謝ることなんて何一つないから気にするな。てか、悩んでくれたのに悪いけどさ、あの話はなかったことにしてほしい」

「……やっぱり、あなたも私なんかとは友達になりたくないですよね」

自分から断ったはずの亜弥は表情を沈《しず》ませる。

「まあ、ぶっちゃけるとどっちでもいい」

嘘《うそ》をつくのも違う気がして、深月は本音をぶちまけた。半分ほどだが。

「お前とそういう関係になってもいいし、ならなくてもいい。ただ、避けないでほしい」

亜弥とこうしていて、気付いた。欠けていたパズルのピースが埋《う》まるように。

楽しいと感じているのだ。亜弥と話している時間を。だから、避けられている時は気に食わず、虫の居所が悪かった。

「これは、俺のわがままでまた思わせぶりなことかもしれない。でも、伝えられないのは嫌なんだ。ありがとうも美味《うま》かったも、一之瀬に贈りたいんだ」

亜弥に避けられている間は、お裾《すそ》分《わ》けのお礼も感想も伝えることが出来なかった。

それが、心残りとなって余計に亜弥を意識してしまっていたのだろう。

「……それほど、私に避けられるのは嫌だったのですか」

「よくもまあそんな恥《は》ずかしいこと聞けるな」

「答えてください」

茶化《ちゃか》そうと試みれば、亜弥の真剣な眼差しに射抜《いぬ》かれ深月も決心した。

「苦しかった。ほら、これで満足か？」

やけくそになって答えれば、亜弥は嬉しそうに目を細めた。

「い、言っとくけど、貰《もら》うだけ貰って何も言わないのが、だからな」

「分かっています。恥ずかしいからって子供染《こどもじ》みた言い訳をしなくても」

――じゃあ、なんでそんな風に笑うんだよ。

お子様ですね、と呆れながらも亜弥の口角は弧《こ》を描《えが》いている。

喜んでいるのだろうか、と変な勘違《かんちが》いをしそうで深月は首を横に振った。

――余計なことは考えない。さっさと手当てしよ。

大き目な絆創膏を手に、亜弥の膝に目を向ける。赤くなった部分は雪原のように白い肌《はだ》には邪魔だった。傷を塞《ふさ》ぐように貼り、その上から包帯を巻きつける。

「包帯はやめてほしいのですが」

「包帯リベンジだ」

「とことん、仕返しがしたいようですね」

「まあな。けど、早く治ってほしいんだ。綺麗《きれい》な足、してるからさ」

スラリと細くて伸びた滑《なめ》らかな足には無駄な脂肪《しぼう》など一切《いっさい》なく、美しい。

いつもは、タイツで隠《かく》されているからこそ、こうしてまじまじと近くで見るとより強く実感する。

だからこそ、触《ふ》れないように気を付けながら、単なる願望を口にすれば亜弥の体が大きく跳ね上がった。

「きゅ、急に何を言い出すんですか！」

「傷跡《きずあと》が残ったら嫌だろ。女の子なんだし」

「そ、そうですけど……月代くんは一度セクハラで捕《つか》まればいいんです」

「意味が分からねえ……」

極力、触れないようにしているというのにこの言われ様である。

「ほんとにほんとにほんとに……月代くんなんて嫌《きら》いです」

「足褒められて照れたからってそんな子供染みた怒《いか》り方しなくても。お子様か？」

「あ、あなたはどうしてそう嫌なことを的確に突いてくるのですか」

「図星だったのか。お子様だな」

ムキになって手をぶんぶんと振る亜弥が随分と可笑しくて苦笑《くしょう》しながら、深月は暴れられて手間取ったがどうにか包帯を巻き終えた。

そのまま、もう一ヵ所に目を向ける。

「よし、一之瀬。靴下脱《くつしたぬ》げ」

「……はあ？」

人の声ってこんなに冷たくなるものなのか、と疑問を抱きたくなる程《ほど》、亜弥の声は絶対零度《れいど》で心なしか部屋の温度が下がった気がした。

鋭《するど》くなった目で睨まれるのは肉食獣《にくしょくじゅう》に狙《ねら》われる草食獣《そうしょくじゅう》のようで背筋に悪寒《おかん》が走る。

「いや、お前の足をペロペロ舐《な》めたいとかは考えてないからそんなゴミを見るような目で見るな」

「……変態」

「だーかーらー、違うって。お前、足踏《ふ》まれたから転んだだろ？」

どれだけの人が気付いているかは分からないが亜弥が転んだ原因は先頭を走っていた女子生徒にある。彼女《かのじょ》は亜弥に抜かれそうになった瞬間、わざと亜弥の足を踏んだように深月には見えたのだ。

亜弥は何も言わなかったが目を丸くして動揺《どうよう》したので正解だろう。

「歩けていたし問題なさそうだけど、もし何かなってたら黙ってる訳にもいかないだろ」

「……案外、よく見ているのですね」

「猫背《ねこぜ》だからな。下の景色ばっかり見てるんだ」

「背筋は伸ばした方がいいですよ」

「母親か。いいからさっさと脱げ」

女の子が靴下《くつした》を脱ぐ瞬間を舐めるように見る趣味《しゅみ》はなく、後ろを向けば亜弥も他意はないと信じたようだ。上履《うわば》きが床に置かれる音やスポッと靴下を脱ぐ音が聞こえる。

「どうぞ」と声を掛けられ、前を向き直せば亜弥は恥ずかしいのか体育座りをして、膝を抱え込《こ》んでいた。片方だけ露《あら》わになった足が居心地《いごこち》悪そうに履《は》いている方の靴下をついばむ様につついている。

爪《つめ》の一つまで磨《みが》かれている素足《すあし》はやはり綺麗で深月はつい言葉を失ってしまった。

「……月代くん？」と不安そうに呼ばれ、我に返る。

「な、なんでもない。その、触《さわ》るけど蹴《け》らないでくれると助かる」

「不快だと思わなければしません」

つまり、少しでも変な気を起こせば顎《あご》を一発でやられ、ノックアウトさせられるらしいので、そんなつもりは全くないが気を引《ひ》き締《し》める。

そうして、優《やさ》しくを心掛《こころが》けながらゆっくりと微力《びりょく》で包み込むように亜弥の足に触れた。

小さな足は少しでも力を込めれば壊してしまいそうで、慎重《しんちょう》に指の腹をなぞらせる。

くすぐったいのか亜弥から「……んっ」と可愛《かわい》らしい声が漏《も》れて、深月は体を強張《こわば》らせた。目を瞑《つぶ》りながら、ピクンピクンと跳ねる姿にどうこうする気はなくとも心臓がうるさい。

「い、痛くはないか？」

「は、はい……」

見たところ、目立った外傷もなく亜弥が痛がる素振《そぶ》りもないので深月はすぐに手を離した。

恋愛《れんあい》感情はないとはいえ、初めて女の子の生足に触れて何も感じないほど深月は淡白《たんぱく》ではなく、自分の手を見つめてしまう。

「……何か、変なこと考えてません？」

「考えてないから、さっさと靴下《くつした》履け」

柔《やわ》らかかった、と感触《かんしょく》を思い出していたのを悟《さと》られないように訝《いぶか》し気《げ》な視線を向ける亜弥から逃《に》げるように深月は後ろを向いた。

「勝手な人ですね」

「勝手なのはお前の足を踏んだ奴に言ってくれ。負けたくないからって足を踏んだりするのは最低だ」

「彼女も真剣だったのかもしれませんし、避《よ》けることの出来なかった私が悪いです」

「お前が悪いことはないだろ。俺にはわざと踏んだように見えたし……相手が悪い」

「だとしても、気にしませんよ。よくあることですし」

「……は？　よくある？」

こんなことがよくあってたまるか、とつい亜弥の方を見てしまった。

靴下を履いている途中《とちゅう》だったらどうしよう、と不安だったが杞憂《きゆう》だった。

ソファに背中を預けながら足をプラプラさせる亜弥はつまらなそうに微笑《ほほえ》んでいる。

「男の子にちやほやされる私が気に入らないみたいです。私だって、されたくてされている訳じゃないんですけどね」

男女問わずに人気の亜弥だが、男女比はどうしても男の方が多い。

女子からすれば、それが気に入らなのだろう。ましてや、自分の想《おも》い人が聖女様に惹《ひ》かれていれば、尚更《なおさら》、目の上のたんこぶのはずだ。

どうやら、これまでにも小さな嫌《いや》がらせはあったらしく、もう慣れたから自虐的《じぎやくてき》に笑っているのだろう。

ふと、深月の脳裏《のうり》に亜弥が転んだ時の光景が浮かんだ。ラッキー、と言った声も女の子のものだった。

「……怒ってくれて、いるのですか？」

「なんだよ、急に」

亜弥がじっと見てくるそこへ深月も視線を向けると、そこにはいつの間にか丸くなっていた自分の手があった。

確かに、腹立たしい気持ちでいっぱいだ。亜弥はちやほやされることを望んでいない。なのに、自分勝手に男子がアプローチして、気に食わないからと女子には嫌がらせをされる。

あまりにも理不尽《りふじん》で、あまりにも自分勝手な周りに心底腹が立つ。

だからといって、深月に出来ることは何もなくてそっと込めていた力を緩《ゆる》めた。

それから、亜弥の隣《となり》に腰を下ろして怒りを追い出すように深く息を吐く。

「……まさか。俺が怒る理由がないだろ」

亜弥とは恋人《こいびと》でもなければ、友達ですらないのだ。深月が苛立《いらだ》ちを覚える必要はない。

というのに、何故《なぜ》だか虫はなかなか出ていってくれなかった。

「ええ。その通りです。私なんかのために、月代くんが嫌な思いをする必要はないんです。膝は痛いですけど、これを理由に打ち上げを断ることが出来るのでむしろラッキーですよ」

本当は亜弥も理不尽な目には遭《あ》いたくないのだろう。だけど、ここで深月が憤《いきどお》っていても無意味だからとわざと明るく振る舞《ま》っている。そんな気がする亜弥に深月も便乗した。

「スッゲー誘《さそ》われそうだもんな」

「実際、すっごく誘われました。今日も朝から何人もの方に声を掛けられて……断るのに苦労しましたよ」

それが自慢話《じまんばなし》でもなんでもないように感じられるのは亜弥が辟易《へきえき》しているからだろう。濃《こ》い疲労《ひろう》の色を見れば、運動する前から随分とお疲れだったように思える。

「どうして、私ばかり誘うんでしょうね。面白いことなんて言えないのに」

「男ってバカだからな。可愛い子がいるだけで嬉しいんだろうよ。それこそ、あわよくばでも狙ってるんじゃないか」

「ですが、それだと月代くんが私を誘わないのは可笑しいですね」

「ケンカ売ってんのか。買うぞ、こら」

「いえいえ。酷い点数でしたのでつい」

片付けの時に、床に放置していた定期考査や小テストの点数を見てのことだろう。遠回しに馬鹿だと伝えてくる亜弥に感心しつつ、深月はほんのりと眉《まゆ》を寄せた。

「ほんと、お前のことを誘う奴の気が知れないな。悦《よろこ》びを覚えるから傷付けられたいんじゃないか」

「事実を言っただけですよ」

「え、なに。誘ってほしいの。俺と一緒《いっしょ》に打ち上げしようって言ってほしいの？」

「いえ、まったく。これっぽっちも思っていないです。丁重《ていちょう》にお断りさせてもらいます。ごめんなさい」

本当にそんな気がないようで笑ってしまうほど亜弥は照れもなく、頭を下げてきた。

「まーじで可愛げがない」

「ええ、是非《ぜひ》とも一緒に甘《あま》い時間を過ごしましょう……とでも言えばいいんですか？」

「やめろやめろ。想像しただけでもゾッとする」

「失礼ですね」

感情のない声で言われても寒気がするだけだと深月が肩を抱《だ》けば亜弥はムッと桃色《ももいろ》の唇《くちびる》を尖《とが》らせた。ただ、そこに怒った様子はなく、不服を訴《うった》えているだけで可愛らしい。

そもそも、亜弥が誘いに乗ったとしても甘い時間とやらは過ごせないだろう。

美少女と二人きり、というのはラブコメ展開によくあるシチュエーションだが深月達の間にはラブなど存在しない。

ファミレスの時も、栄養を心配されるというある意味では愛に感じられるやり取りもあったがそれは恋愛的なものではないと確信を持って豪語《ごうご》出来る。

今の深月と亜弥の関係はお隣さん以前に親子の方が近い。

それくらい、二人の仲に恋愛的な好意は存在せず、現在進行形で甘い時間を過ごせないことを証明している。

「ま、それだけ軽口言えるなら心配ないだろうけど、今日もお裾分けを考えてくれているなら、断らせてくれ。疲れるだろうし、足を休めるためにもゆっくりしてほしい。なんなら、いつもの礼に俺がお裾分けしようか？」

「月代くんの手作り……？」

「一之瀬も大概《たいがい》失礼だよな」

今まで料理が出来ないから、とお裾分けを貰っているので驚《おどろ》かれるのも当然と言えば当然なのだが、深月も全く料理が出来ない訳ではないのだ。

目を丸くしている亜弥に言っても信じてはもらえないだろうが。

「お湯注ぐだけで飲めるスープって売ってるだろ？」

「待ってください。既に不安なんですけど。というか、手作りじゃないですよね」

「待たない。お湯を注いだスープの中にこれまたお湯を注げば食べられるインスタントのラーメンを入れるんだ」

すると、あら不思議。コーンスープやオニオンスープが一瞬《いっしゅん》にして早変わり。ラーメンの出汁《だし》となって料理が完成するのだ。

「そんなことだろうと思いましたよ……」

「これがマジで美味いんだって」

「そもそも、どうやって渡《わた》してくれるつもりですか」

「あっ……」

どや顔で語っていたがそこまでは考えていなかった。なるべく、亜弥に楽させてやりたいのに材料を渡しても結局、動くことになるではないか。

考えが足らず、意気揚々《いきようよう》と語っていたのが馬鹿らしくなる深月に亜弥は呆れてため息をつく。

「私のことは心配せずに。冷凍《れいとう》しているものがあるので。それよりも、あなたは自分の夕飯を心配するべきでは？」

「心配も何も俺《おれ》の分は今教えておいただろ？」

「はあ……そうやって手を抜《ぬ》くから、私は気になってしまうのですよ」

もう一度、亜弥が呆れたので深月お手製ラーメンの素晴《すば》らしさを詳《くわ》しく説明しようとすればタイミング悪くチャイムが鳴り響《ひび》いた。

どうやら、午前の部が終了《しゅうりょう》して昼休憩《きゅうけい》に入ったらしい。

「ご飯、食べに戻《もど》った方がいいですよ」

「……一人で大丈夫《だいじょうぶ》か？」

「不安って言えば居てくれるのですか？」

「……まあ、不安ならな」

「ふふ。月代くんはお人好しですね」

お人好しなのはどっちだ、と可愛く微笑んだ亜弥から恥ずかしくなってそっぽを向く。

「ですが、大丈夫ですよ。そもそも、今更《いまさら》ですけど、どうして用も済んだのに座り直したのですか？」

「それは――」

亜弥とこうして話しているのが楽しくて、もう少しだけ続けたかったから……だが。

――そんな小《こ》っ恥《ぱ》ずかしいこと言えないよな。

「外は寒いからな。中の方がまだましかと思って」

嘘をつけば特に亜弥が気にした様子もなく、思い出したようにハンカチを綺麗に畳《たた》みだした。

「これ、ありがとうございました」

返してくる亜弥に深月は首を横にしてから受け取り、そのまま問答無用で亜弥の膝《ひざ》に包帯が隠れるように巻いた。

「これで、隠しとけ」

ハンカチの色は淡《あわ》い水色で亜弥が身に着けていても違和感《いわかん》はない。

「べ、別に気にしないのに……」

「俺が気になるんだよ」

「自分がやったくせに」

「それはそれ、これはこれだ。それに、お前もタイツじゃないからじろじろ見られるのは嫌だろ」

膝丈《ひざたけ》のおかげで隠れてはいるものの、何かの拍子《ひょうし》に見えるかもしれない。

女の子だし、なるべくならそういったものは見られたくないのではないか、というただの思い込みで念のための処置を行った深月は保健室を出ていこうとする。

「じゃ、安静にしてろよ」

一人で大丈夫らしいし、午後には出場する玉入れが行われる。

その前に、明や日和と一緒にお昼を過ごす約束もしているのだ。戻らないといけない。

「……玉入れ、頑張《がんば》ってくださいね」

いつかのように、一方的に言い残して扉《とびら》に手を伸《の》ばした深月は背中に届けられた言葉に足を止めた。

亜弥と体育祭について話したことは一度もない。当然、出場する種目だって教えていない。

なのに、知られているのは——きっと、亜弥も深月と同じことをしていたからだろう。

先日行われた、予行演習の時に気になって目で追いかけるという行為《こうい》を。

よく目立つ亜弥を大勢の生徒の中から見つけるのは容易だった。けれど、深月は友達である日和でさえ、休んでいると思うほど陰《かげ》が薄《うす》く、見つけてもらえなかった。

それでも、傷付いたりしないのに亜弥が見てくれていた。気付いてくれた。

それだけで、どうしようもなく胸の中が熱くなる。

「……ほどほどにな」

素っ気ない態度で返事をしてから扉を開ける。誰《だれ》もいないことを確認《かくにん》して、足早に廊下《ろうか》に出た。

扉を閉める際、振《ふ》り返《かえ》って見えた穏《おだ》やかな笑顔《えがお》を浮《う》かべる亜弥が脳裏に焼き付いてなかなか離《はな》れない。

「……っ、なんだ、これ」

全身を巡《めぐ》る血が沸騰《ふっとう》するように熱く、深月はどうしたらいいのか分からない。

一先《ひとま》ず、教室に戻ろうと向かう途中でその熱は一瞬にして冷めた。

「あははは。聖女様が転んだ所、ちゃんと見てた？」

「見た見た。ダッサかったね～。その後の、必死になって走る顔も笑えた～」

「いっつも男子にちやほやされて調子乗ってるからあんな目に遭うんだよね。あーすっきりした」

「わざと踏んでおいてその言いぶりはないでしょー」

「いいじゃん。いい子ぶってて嫌いなんだよね、聖女様。だから、わざと踏んでやったんだ」

廊下を歩く女子生徒がそんな話をしていた。やはり、亜弥が転んだのはわざと足を踏まれたかららしい。

――なんだよ、それ。そんな下らない理由で怪我させたのかよ。

この場に亜弥が居ないことが幸いだった。きっと、亜弥は散々悪口を言われていても真顔のまま気にしなかったはずだ。

けれど、それは、内に秘《ひ》めて処理するだけで何も感じてないことではない。

誰にでも優しい聖女様でも煩《わずら》わしいと思うこともあるし、疲れることも、嫌だと思うことだってある、ちゃんと感情がある女の子なのだ。

そんな亜弥を一方的に傷付け、馬鹿にするようにあざ笑う彼女達《かのじょたち》にどうしようもない苛立ちが募《つの》る。今すぐ、彼女達の前に出て、亜弥に謝《あやま》れ、傷付けるな、と怒鳴《どな》り散らしたいが出た所でまた変な聖女様親衛隊が現れたと相手にされないだろう。

遠ざかっていく彼女達の後ろ姿を眺《なが》めながら、深月はただ聞いているだけしか出来なかった。

「……戻るか」

深月は感情を露わにする性格じゃない。亜弥と同じ、内に秘め、抱える質《たち》である。

亜弥を傷付けた彼女に、何も出来なかった自分に腹が立ち、鋭い目付きがより鋭利《えいり》なものになり、廊下を行き交《か》う生徒達は自然と避けていく。

そのことにも気付かず、教室に戻った深月を待っていたのは非難の声だった。

「おい、月代！　お前、何してくれてるんだよ！」

「……あ？」

「あ、じゃねえだろ。明が作った絶好の機会を台無しにしてよ！」

「だったら、なんだよ。何か文句でもあるのか？」

「あるに決まってるだろ。あのまま先頭を維持《いじ》し続けて優勝することが理想だろうが」

深月に声を掛けてきたのは亜弥に勝手な理想を抱いていた男子生徒だった。

「理想？　追い抜いて、転ばずに先頭のままでバトンを繋《つな》げば理想なのか？」

「は、急に何を言って」

「お前の理想を押《お》し付けるな」

重ね重ね苛立つことが起こり、はらわたが煮《に》えくり返る。

「っ、やる気がないなら帰れよ」

関わるな、と睨《にら》んでみせれば彼《かれ》は吐《は》き捨てるように言い残して席に戻っていった。

彼ほどではないにしろ、深月のあの行動には文句を言いたいクラスメイトは大勢いるのだろう。多くの白い眼が遠巻きに向けられる中、深月も席に戻った。明と日和が居る場所へと。

「おかえり。大変だったな、いきなりそうそう」

「まあ、覚悟《かくご》はしてたから」

「その割りにはスッゲー怖《こわ》い顔してるけどな。なあ、ヒヨ」

目付きが鋭いと自覚している深月は伸びた前髪《まえがみ》でなるべく隠すようにしている。

けれど、今は隠しきれないくらい苛立ちが目に宿り、日和は怯《おび》えるようにコクコクと頷《うなず》いている。

「戻って来た時から怒ってるように見えたけど、何かあったのか？」

「なんでもない。悪いな、日和」

日和を怖がらせないように目を擦《こす》り、鋭さを戻す。

それから、いつものように気だるげに席に着いた。

「もー、そんな犯罪者みたいな顔しないでよ。ビックリしたじゃん」

「悪かったって。前髪が目に入って、イライラしてたところにあんなこと言われて腹立ったんだよ」

「だからさー、前から言ってるだろ。髪《かみ》の毛《け》切って、シャキッとすれば女子の見る目変わるから切れって」

「そうだよ。深月も中々なイケメンだと思うよ。冗談《じょうだん》抜《ぬ》きにね」

「はいはい。ありがと」

買っておいたパンを取り出し、かぶりつく。やや乱暴にかぶりついてしまうのは苛立ちが収まらないからだろう。

「やっぱさ、なんか怒ってるだろ」

「玉入れってさ、団体競技だろ。出る種目間違《まちが》えたなって過去の自分に苛立ってるんだ」

「馬鹿だなあ」

日和お手製のお弁当を仲良く食べる二人は楽しそうに笑って幸せそうだ。

そんな二人の空気を壊したくないし、亜弥のことは話せないので嘘をつく。

「もー、しょうがないなあ。そんな深月にタコさんウインナー一個だけあげる。だから、頑張ってね」

「沢山《たくさん》食べてね、とかだったら素直《すなお》に嬉しいんだけどなあ」

「アキくんのために作ったんだから一個だけに決まってるでしょ。そんなこと言うならあげない」

「分かった分かった。ありがたく貰うよ」

ぷくっと頬を膨《ふく》らませた日和に手を合わせながら、深月には食べさせてくれる相手がいないので指で掴《つか》んで口に放り込む。

「お、美味いな。これで、頑張れるわ」

「えへへー、そうでしょ。アキくんも絶賛なんだから。ね？」

「あ、ああ。ヒヨの手作りサイコー」

いったい、明はどんな味付けのものを食べさせられたのか知りたくなるほど、可愛いタコさんは普通《ふつう》に美味《おい》しかった。

明の声が僅《わず》かに震えているように聞こえたが、日和に気付いた様子はないので興味は興味のままにしておく。

――ちょっとは頑張らないとな。

日和に加え、亜弥にまで応援《おうえん》されたのだ。これで、頑張らない訳にはいかないだろう。

深月は静かに闘志《とうし》を燃やしながら昼休みを過ごした。

「あー、疲《つか》れた」

体育祭が終わり、かいた汗《あせ》を流すために入浴も済ませた深月は綺麗さっぱりになった体でソファに沈み込んだ。ふかふかの感触が疲れた体に気持ちいい。

目を閉じれば、ガヤガヤとした喧騒《けんそう》が遠い昔のように感じられるほど部屋は静かで気を抜けば眠《ねむ》ってしまいそうになる。

その前に、空腹に襲《おそ》われた。時計を確認すれば、丁度いい時間になっている。

お湯を注ぐだけだが、そろそろ用意しようかと立ち上がったところで亜弥が気になった。

保健室を最後にそれっきりで、居残りを済ませてから帰宅すれば既《すで》に亜弥の部屋は明るく、無事に帰ったようだがあれから足を痛めていないか、ちゃんと食事は摂《と》れているのだろうかなど、色々と気になってしまう。

「ああ、なるほど。確かに、気になるな」

亜弥がお裾分けをくれるように、深月も知ってしまったからこそ気になる。

透《す》けて見えやしないのに、お隣さんが住む方の壁《かべ》をじっと見つめる。

余計なお世話だとしても思いを馳《は》せていれば、規則的な電子音が鳴り響いた。

時間はいつも亜弥がお裾分けを届けてくれる時間だ。

しかし、今日はお裾分けを断っているし理由が分からない。

とりあえず、何か急用があったのかもしれないと足早に向かい、扉を開ければ――やはり、夜風に黒髪《くろかみ》を靡《なび》かせる少女がいた。

「どうした？」

亜弥は深月と合った目を忙《せわ》しなく泳がせる。頬《ほお》は僅かに赤くなり、もじもじと両手を動かして、何か言おうとしては押し黙《だま》る。

言いたくても言えない、といった感じだ。

「……晩ご飯」

「え？」

「晩ご飯、ご馳走《ちそう》してくれるのではないですか……？」

ようやく開かれた口から言われたのは、首を長くして待っていた深月の耳を疑わせるには十分なことだった。

「……ご迷惑《めいわく》、ですか？」

突然《とつぜん》すぎて上手《うま》く答えられない深月に亜弥は不安そうに瞳《ひとみ》を揺《ゆ》らしながら追い打ちをかける。

正直、断られたと思っていた。

あの時は本気だったが、亜弥が素直に頼《たよ》るとも思っていなかったし、冷凍しているものがあると教えてくれたのがお断りの返事だと。

だから、頼られたのが嬉しくなりつつも冗談《じょうだん》ではないかと考えてしまう。

しかし、朱色《しゅいろ》に染まった頬を見れば本気なのだろう。

「食べたくないんだと思ってた」

「……偏見《へんけん》は良くないなって思っただけです。作り方さえ教えてもらえれば家で試《ため》します」

やはり、素直に頼ることは難しいのだろう。このまま材料を渡し、作り方を教えれば家に帰ってしまいそうで深月は教えないことにした。

「いいや、ダメだね。初心者は失敗する激ムズ調理方法なんだ。怪我人《けがにん》のお前にさせられるかよ」

「お湯を注ぐだけなんですよね？」

「タイミングとか色々あるんだよ。ほら、いいから入れよ。迷惑じゃないからさ」

歓迎《かんげい》するように玄関扉《げんかんとびら》を開ければ、亜弥は桃色の唇に弧を描いた。

それは、これまでになかった家に入ることを喜んでいるように思えて、小さな背中を見送りながら深月は呻《うめ》きそうになるのを堪《こら》えた。

リビングに通した亜弥をソファに座《すわ》らせて、晩ご飯の用意を済ます。

亜弥に選ばれたコーンスープの素にお湯を注ぎ、続けて麺《めん》も投入した食器を出せば亜弥はスプーン片手に戸惑《とまど》っている。

「いつ食べ始めればいいんですか？」

「いつでもいいよ。パリパリ麺を楽しみたいなら今すぐにだし、柔らかい方がいいならもう少し経《た》ってから」

レストランではない深月宅ではどう食べようが自由だ。マナーやルールなど気にせずに自由に食べればいい。

判断を亜弥に委ねれば、まずはスープを飲むと決めたらしい。

「熱いから気を付けろよ」

「子供扱《あつか》いしない……あつっ！」

「お前なぁ……」

「ひ、ひがいまふ」

何が違《ちが》うのか徹底的《てっていてき》に問い詰《つ》めてやりたいが、涙目《なみだめ》になりながらふーふーと一生懸命《いっしょうけんめい》冷ましている姿が可愛らしいのでやめておく。

火傷《やけど》しない温度に冷ましたスープを口に含《ふく》む亜弥。

キッチンから見守っていた深月は緊張《きんちょう》した面持《おもも》ちで一声を待った。

「……美味しい」

か細いその一声は力が抜けていく安心感があり、目の前で食べられる緊張を理解して、いつかの亜弥と同じように深月も微《かす》かな笑《え》みを浮かべた。

「今はこんなに美味しいものが売っているんですね」

「飲んだことなかったのか？」

「そうですね。飲みたくなれば作りますし」

「流石《さすが》だな」

実家に居た時でさえ、手作りのコーンスープなんて滅多《めった》に出てこなかったので感心してしまう。

いつか飲んでみたい、とは思うものの、スープとなればどちらかの家で作ってそのまま飲む流れになりそうで言えない。

淡々《たんたん》としている亜弥は得意気になることもなく、お箸《はし》を手に柔らかくなった麺をほぐしている。

丁寧《ていねい》な所作で静かに麺を啜《すす》った亜弥は暗褐色《あんかっしょく》の瞳に光を宿らせた。

「中々イケるだろ？」

「……悔《くや》しいですけど、美味しいです」

「なんで、余計な一言付けるのかね？」

「だって、栄養はなさそうなのに美味しいのが意外で……」

「確かに、栄養も大事だと思うけどさ。料理には真心込める方が大事なんじゃないのか」

「あなたに何が分かるのですか？」

「俺にはそうなんじゃないかと思うだけだよ。でも、一之瀬はちゃんと分かってるんじゃないの？」

ただ栄養を摂らせたいだけなら雑に作って渡せばいい。

だが、いつも見た目まで綺麗で食べる前から食欲をそそられる亜弥の手料理には栄養だけでなく、作り手である彼女の優しさみたいなものも含まれていると思うのだ。

「一之瀬と比べたら月とスッポンだけどさ、普段《ふだん》のお返しに美味しく食べてほしいって気持ちは込めたから素直に褒《ほ》めてくれ。お湯注いだだけだけど」

「……月代くんの場合、天狗《てんぐ》になってこればっかりでいいとか言って栄養から逃げそうなので褒めません」

「今更、そんな屁理屈《へりくつ》並べたりしないっての……お前の料理、食べていたいんだし」

本当に、亜弥の中で深月はどんな扱いなのだろうか、と問いたくなる。

ハムスターのように口一杯《いっぱい》に含んだ亜弥に聞いても望んだ答えは聞けないだろうが。

詰め込み過ぎて頬を赤くした亜弥に苦笑しながら、深月は食べ終わるまで眺め続けた。

「ご馳走様《ちそうさま》でした」

「ん、お粗末様《そまつさま》でした。洗い物してくるけど、もう帰るか？」

「私が洗います」

「馬鹿か。怪我人なんだからじっとしとけ」

「……なら、洗い終わるまで待っています」

何もせずに食べるだけ食べて帰るのは失礼とでも考えているのだろう。

大人しく座り直した亜弥がじいっと舐めるように向けてくる視線を背中に受けながら深月は食器を洗う。

「意外と手慣れているのですね」

「お前が勝手に出来ないって決めつけてただけで、これくらいは出来るんだよ。お前が納得《なっとく》するレベルに合わせるのは大変だけどな」

「洗い物する機会がなさそうだったので」

以前、バイトしていた時に鍛《きた》えられたのだが言う必要はないだろう。

「……あの、月代くん」

「んー、どうした？」

丁度、洗い物を終えたタイミングで不安げな声が届き、振り返ればやはり亜弥は今にも泣きだしてしまいそうな表情をしていた。

「……その、玉入れの時のこと……私のせいで申し訳ありませんでした」

亜弥が口にしたのは玉入れの時、深月が起こした問題のことだろう――。


玉入れは昼休みが終わり、午後の部の一番目に行われた。

出場する生徒は一斉《いっせい》にグラウンドに出るため、集合場所に集まっていた。

そこで、深月は見つけた。相手チームにいる亜弥の足を踏んだ彼女を。

他人に関心がない深月はクラスメイトでさえ、顔と名前が一致《いっち》しないほど認識《にんしき》していない。他クラスとなれば、存在すら知らない。

けれど、名前も知らない彼女の顔は覚えていた。廊下で話す彼女を見た瞬間《しゅんかん》、彼女は深月の敵になったからだ。

彼女の姿を発見した途端《とたん》、それまで静かに燃えていた深月の闘志は復讐《ふくしゅう》へと変わった。

別に、深月は亜弥に良い格好を見せたい訳でもないし、感謝されたい訳でもない。

むしろ、復讐なんて亜弥は望んですらいないだろう。

だから、これは深月の一方的な苛立ちを解消するためだけに行うものである。

各々《おのおの》の配置につく間も、深月は彼女から目を離さなかった。

スタートの合図がされ、それぞれがボールを拾って籠《かご》に投げ入れていく。

深月は拾ったボールを力強く握《にぎ》りながら、彼女《かのじょ》に狙《ねら》いを定めた。

──一之瀬が気に入らないだけで傷付けたお前のことが俺は気に入らない。

彼女にとって、亜弥がいい子ぶってて嫌《きら》いだと言うのなら口は挟《はさ》まない。

でも、そんな自分勝手な理由だけで亜弥を傷付けたのは許せなかった。

完璧超人《かんぺきちょうじん》の聖女様が気に食わない人は意外と大勢いるんだと思う。

しかし、本当の亜弥は聖女様なんかじゃないと深月は知っている。

強情《ごうじょう》で口は悪く、態度も素っ気なければ可愛げだってない。煩わしいと何度も思わされたし、避《さ》けられている時は嫌いになりかけもした。

でも、馬鹿みたいにお人好《ひとよ》しで優しく、稀《まれ》に見せる穏やかな笑顔は素敵《すてき》で可愛い。避けられている時も、律儀《りちぎ》にお裾分《すそわ》けを持ってきてくれて、嫌いになんてなれなかった。

それが、一之瀬亜弥という女の子で深月は彼女ほどの魅力的《みりょくてき》な人に会ったことがない。

──そんな一之瀬が理不尽に傷付けられて笑われるなんてこと、あってたまるか！

深月が全力で投げたボールは運よく一度で彼女の腹部に直撃《ちょくげき》した。

久々に腕《うで》を大きく振ったせいで肩《かた》が痛いし、狙っていた足より随分《ずいぶん》と外れたが当たればどこでもいい。少しは反省したか、と彼女を見れば彼女は当たった場所を押さえながら、膝を突《つ》いて泣いていた。

「おい、月代！」

転んで膝を擦《す》り剝《む》き、血まで流れていた亜弥は泣きすらしなかった。だと言うのに、血の代わりに涙《なみだ》をすぐに溢《こぼ》す彼女に心底呆《あき》れていると後ろから肩を引っ張られた。

振り返ると肩を掴んでいたのは体育教師だった。怒《おこ》っているのかは分からないが教師が向けていいとは思えないような睨んでいる姿から、深月を問題児として認識しているのは間違いなさそうだ。

気付けば、競技も一旦《いったん》中止となっていて、深月と彼女に視線が集まっている。

亜弥なんて、手で口を隠《かく》しながら驚いていた。

「こっちに来い」

そんな中を深月は腕を引っ張られながら連行された──。

「ああ、あのことな。気にする必要ないよ」

亜弥の傍《そば》に寄って、言い聞かせるように言っても亜弥の表情は晴れない。

「怒られたりはしませんでしたか？」

「めちゃくちゃ雷《かみなり》落とされた」

「やっぱり、そうですか……私のせいでごめんなさい」

亜弥は深月が奇行《きこう》に走ったのは自分のせいだと思い込《こ》んでいるらしい。

実際、亜弥が怪我《けが》をさせられなかったら深月はあんなことしなかった。そういう意味では彼女のせいなのかもしれない。

ただ、それを言ったところで誰も得しないし、そもそも、深月がイライラして勝手にやっただけなのだから亜弥に責任はないのだ。

「確かに。怒られたのは一之瀬のせいだな」

「ご、ごめんなさ――」

急いで謝ろうと立った亜弥の両肩《りょうかた》に手を置いて、深月は優《やさ》しく座り直させた。

そして、今にも罪悪感で押し潰《つぶ》されそうな亜弥に伝えた。

「実はさ、一之瀬みたいな可愛《かわい》い女の子から応援されたの初めてでさ、舞い上がったんだよ。で、気合入れまくったら狙いズレた」

ドッチボールじゃない玉入れなんだぞ、と注意してくる先生にも同じ嘘《うそ》をついて乗り切ったことを繰り返す。

流石に、亜弥のことは話していないが気合十分だったと。そんなホラ話を体育教師で普段から熱血指導しているからなのか、あっさり信じてもらえた。残った熱は後片付けを手伝って発散していけ、と強制居残りさせられることになったのだが。

　因《ちな》みに、クラス対抗《たいこう》リレーについては何も言い訳出来ず、ただただ怒られていた。

「おかげで片付け手伝わされて疲れたし、ほんと一之瀬のせいだからな。肩でも揉《も》んでほしいくらいだ」

「嘘《うそ》つかないでいいです」

「嘘じゃねえよ。一之瀬のせいだって――」

「その通りでも原因が違います。私が彼女に怪我させられても怒《いか》りもしないから、代わりに月代くんが仕返ししてくれた。だから、先生に怒られる羽目になった……ですよね？」

　そうだとしても、それを認めれば亜弥は罪悪感でいっぱいになるだろう。

　他人に借りを作りたくない気持ちは理解出来るが、そうやって苦しめたくはない。

　だからこそ、深月は嘘を本当にするために恥《はじ》を捨てる覚悟を決めた。

「違うって。言っただろ。可愛い女の子に応援されただけであんなにも気合入れる単純な奴《やつ》なんだよ、俺は」

「……それこそ嘘です。だって、月代くんは私のことを可愛い女の子だなんて思っていません」

「いや、思ってるよ。一般的《いっぱんてき》に見て、整ってるんだし可愛くないって言う奴には眼科行けって勧《すす》めたくなる」

「で、ですが、よく可愛げがないって言いますし、実際にその通りですし……」

「可愛げがないのも事実だけどな、お前は可愛いってのが世の男の総意だよ」

誰もが皆《みな》、亜弥のことを可愛いということはないだろう。けれど、普段のモテ具合から高確率で可愛いと思う男は多いと分かる。

今も可愛いなんて言われ慣れているだろうに、羞恥《しゅうち》に頬を染める姿が実に可愛らしい。

「……でも、それだと月代くんの意見じゃないですか」

どこか拗《す》ねたように唇を尖らせた亜弥に深月は言葉を詰まらせた。

――コイツはなんでこう俺を辱《はずかし》めにくるんだ。俺に言われたところで嬉《うれ》しくないだろうし、俺の意見なんてどうでもいいだろ。

これから口にすることを考えるだけで全身が熱に侵《おか》される。

けれど、それを伝えないと嘘を本当にすることは叶《かな》わない。そんな気がした。

「個人的にも一之瀬は可愛い女の子だって思ってるよ……何回も言わせるなよ」

亜弥は何か勘違《かんちが》いしているが、深月も亜弥を可愛いと思う高確率の男の中の一人なのだ。

——ほんとに一之瀬は聖女様なんかじゃない。黒だ。黒聖女だ。

面と向かって言わされ、無事でいられるほど深月の羞恥心《しゅうちしん》は強くなく、内心で文句を吐きまくる。

「つ、月代くんがそんな風に思ってくれているなんて知りませんでした……」

「必死に隠してんだよ……」

「へ、へぇ、そうなんですね。ふーん……」

「い、言っとくけどアイドルとか見て思うのと一緒《いっしょ》だからな。可愛いからってどうこうなりたいとかはないし、他意もないから」

居心地《いごこち》悪そうに、そわそわと足を振り始めた亜弥に深月は必死に言い訳を並べる。

「し、知っていますから気にしていません」

目を合わせようとしない亜弥の頬はこれまでにないほど濃《こ》い朱色に染まっていて、気にしていないことはなさそうだが羞恥心の限界を迎《むか》えた深月は便乗させてもらう。

「そ、そうか。なら、良かった」

必死に照れたのを隠そうとしているのか、口をもにゅもにゅと動かす亜弥が目に毒で深月は背中を向けた。

「ありがとう、ございました」

弾《はず》んだ声で届けられたそれが何を指しているのかは分からない。

けれど、やって良かったな、と深月に思わせた。

ヒーローじゃない深月には誰も傷付かないで幸せになれる方法が思い付かない。

クラスメイトからは白い目で見られ、舌打ちもされた。

亜弥の足を踏《ふ》んだ彼女には、散々怒られた後に頭を下げさせられた。

当の本人の亜弥からは散々辱めを受けた。

——あれ。これ、最終的に一番傷付いたの俺じゃないか。

クラスメイトには嫌《きら》われ、頭を下げたくない相手には謝らされ、亜弥には精神的ダメージを受けさせられた。クラスの団結をぶち壊《こわ》し、女の子を痛めた報《むく》いとはいえ、あんまりである。

それでも、亜弥に気遣《きづか》わせず、亜弥の傷を少しでも癒《いや》せたなら成果は十分だった。

「なんのことか分かんねえ」

素っ気なく深月がとぼければ、小さな笑みを溢す音が後ろから聞こえた気がした。

第4章　聖女様と捨て猫

体育祭の日、亜弥《あや》のことを可愛いと言ってしまった。

そのことで、また避けられるのではないかと心配していたが、杞憂《きゆう》だった。

亜弥との日々は、以前とこれっぽっちも変わらずに過ごせていた。

お裾分けを貰《もら》う時に少しばかり世間話をして、深月《みづき》がしょうもないことを言えば嫌いと言われる始末。

ただ、そんな日常が居心地《いごこち》よく、亜弥の手料理を美味しく食べられることも加えて、深月は充実《じゅうじつ》した毎日を送っていた。

そんなある日のことだった。

「腹でも痛いのか？」

深月が暮らすアパートの近くには多くのマンションが建ち並んでいる。

アパートには深月や亜弥のように一人で暮らす人がほとんどであり、居住者の総勢も多くはない。対して、マンションには小さな子供もいる家庭が多く住んでおり、そんな沢山の人に利用してもらうためなのか近辺にはいくつか公園が存在している。

そのうちの一つ、通学路の途中《とちゅう》にある遊具がブランコしかない小さな公園で亜弥がしゃがんでいた。俯《うつむ》いていて顔は見えないが、制服と唯一無二《ゆいいつむに》の艶《あで》やかな黒髪は黒聖女で間違いないと直感した。

外では極力話し掛《か》けないという暗黙《あんもく》のルールがあるが、うずくまるように背中を丸めている亜弥に何かあったのではないかと近寄れば、亜弥が顔を上げた。

いきなり声を掛けたからだろう。射抜《いぬ》くような鋭《するど》い視線が向けられる。

だが、それも一瞬《いっしゅん》のことだった。

「ああ、あなたですか」

鋭い視線が深月を捉《とら》えた途端に緩《ゆる》み、再び亜弥は顔を俯かせた。

顔色は悪いが、体調が優《すぐ》れないようには見えず、どこか悲しんでいる様子の亜弥に深月は何を見ているんだろうと上から覗《のぞ》き込んだ。

ニャー、という弱々しい鳴き声が聞こえた。

「猫を見ていたのか」

綺麗《きれい》な白毛の小柄《こがら》な猫がダンボール箱の中に入れられ、放置されていた。

鳴き声が聞こえ、見つけたのはいいもののどうすることも出来ず困り果てていた。そんなところだろうか。

亜弥の隣《となり》に同じようにしゃがめば、白猫《しろねこ》は自分より大きな存在に怯えているのか力一杯《ちからいっぱい》警告するように鳴いている。これ以上近付けば噛《か》むぞ、と。

「ん、中に何か入っているな」

白猫の下に敷《し》かれているタオルの上に一枚の折りたたまれた紙があった。

それを、深月はなるべく怖がらせないようにしながら掴む。

開けば、拾ってください、と書かれていた。

「捨てられたのか」

予想はしていた。小柄とはいえ、産まれたての子猫《こねこ》じゃないことや綺麗な毛色から野良《のら》猫《ねこ》でもない、飼われていた猫だと。

「……育てられないなら、飼わなければいいのに」

底冷えするような冷たい声で呟《つぶや》いた亜弥からは悲しんでいるのか怒っているのかさえ曖《あい》昧《まい》だ。

ただ、どうしてそこまでなるのかと心配になるほど表情は曇《くも》っていて、苦しそうに歪《ゆが》めている。

「一之瀬《いちのせ》？　大丈夫《だいじょうぶ》か？」

「腹痛ではないので大丈夫です」

「でも、苦しそうに見える」

困っているなら、苦しんでいるなら、何か出来ることがあるかもしれないし深月は言ってほしい。

けれど、亜弥がそれを打ち明けることはしないだろう。

体育祭の時、足を踏まれても亜弥は踏んだ本人に何も言わず、気持ちを隠した。

本当は何か言いたいことだって、気持ちだってあったはずだ。

それでも、本音を呑《の》み込んで何もなかったように消滅《しょうめつ》させる。

そんな姿を見ていれば、そこまでの仲に発展した訳でもなく、頼られるようにもなっていないのに話してくれるとは思えなかった。誤魔化《ごまか》すようにぎこちなく笑われるのが証拠《しょうこ》だ。

「酷《ひど》い飼い主だなと思いまして」

「そうだな。でも、俺達《おれたち》にはどうすることも出来ないから帰ろう」

容易に命を拾うことの責任は持てないし、アパートはペット禁止となっている。

十二月に入り、夜になるにつれて気温はもっと下がり危険性も増すが深月達に状況《じょうきょう》を打開する策はない。

「帰るならあなた一人でどうぞ」

「お前が残ったところで何も出来ないだろ」

「そんなこと、言われなくても分かっています！」

睨みつけるように怒鳴ってきた亜弥に深月は狼狽《うろた》える。

丸められた拳《こぶし》が今にも飛んできそうだった。

「大声出すなよ、驚《おどろ》くだろ……」

「……すみません。ですが、私には見過せないのでどうぞお一人で帰ってください」

何も出来ない自分に悔しくなっているのか、亜弥は断固として動こうとしない。

「そうか。じゃあな」

残酷《ざんこく》な人でなしと思われても、一時の感情で関わって、悲しい最期《さいご》を迎える瞬間に立ち会いたくない深月は頑固《がんこ》な亜弥を残して公園を後にした。

さっさと帰って、美味しいものでも食べて、今日見たことは忘れる。

その選択《せんたく》が正しく、選ぶべきではあるのだろう。

けれど、脳裏《のうり》に浮《う》かぶ、何も出来なくても仕方ないはずなのに自分を責めるように唇《くちびる》を噛んでいた亜弥を思い返せば、その選択はなくなった。

――あー、もう。お人好し過ぎるだろ、アイツ。頭から消えてくれねえ。

内心で悪態をつきながら、深月はアパートへと続く道を曲がり近くのコンビニへと急いだ。

そこで、揚《あ》げられた鶏肉《とりにく》と水、紙コップを購入《こうにゅう》して公園へと走って戻《もど》った。

「ほんっっとに、面倒《めんどう》な性格してるよ、お前」

あのままの姿勢で微動《びどう》だにしていなかった亜弥は息を切らして戻ってきた深月に目を丸くしている。

「……帰ったのではなかったのですか」

「これから冷えるってのに意地でも帰りそうにないからな、お前。また風邪《かぜ》でも引いて階段から落ちたりしたら危ないし、俺《おれ》がどうにかする」

「どうにかって……どうするのですか？」

「とりあえず、腹空《す》かせてそうだからご飯買ってきた。話はそれからにしよう」

コンビニ袋《ぶくろ》を揺らして見せれば、亜弥の表情が緩んだ。

「私のこと、面倒な性格してるって言いましたけど月代《つきしろ》くんもじゃないですか」

「伝染《でんせん》したんだよ。お前のせいだからな、お前の」

素っ気ない態度でいないと悶《もだ》えてしまいそうなほど、嬉しそうに微笑《ほほえ》む亜弥の笑みは破《は》壊力《かいりょく》抜群《ばつぐん》で深月の目には直視しづらい。

最近、亜弥の表情は豊かになったと思う。

いつも、無表情か作り物のように聖女様の笑顔《えがお》を浮かべることが多かったからか、近頃《ちかごろ》は喜怒哀楽《きどあいらく》を年相応の女の子として表現する彼女が心底心臓に悪い。良い意味と悪い意味の両方で。

なるべく亜弥を見ないようにしながら、深月は買ってきたばかりの鶏肉を袋から出して白猫の前にぶら下げる。

「ほら、飯だぞ。食え」

「もっと優しくしてあげてください。この子は今、不安なんですから」

「じゃあ、一之瀬がやってくれ。俺には無理だ、こういうの」

「仕方ないですね。はい、ご飯ですよ」

深月から受け取った鶏肉を亜弥は一口大に千切って、手のひらに乗せて差し出した。揚げたてで、手が中から出てくる肉汁《にくじゅう》に油まみれになるのも嫌《いや》な顔一つしない亜弥は本当に心の底から優しい女の子だと深月は感心した。

そんな亜弥だからこそ、白猫も警戒《けいかい》を解いて信用したのだろう。

手の匂《にお》いを嗅《か》いだ後、パクパクと鶏肉を食べ始めた。

——スッゲーだらしない顔してる。

時々、照れたりすれば恥《は》ずかしそうに頬を赤らめる亜弥だが普段はキリッとしていて、どちらかというとクールな印象を抱《いだ》くことが多いが今は顔の表情筋が全て死んでいるのではないかというほどふにゃけていた。

手を舐《な》められてくすぐったいからなのか、白猫に触《ふ》れられて嬉しいからなのか。

「可愛い……」と知らず知らずの内に口に出している亜弥が深月からすれば可愛くて、写真に残しておきたいほどだった。

——けど、まあ。勝手に撮《と》れば盗撮《とうさつ》だのなんだの口うるさいし無理だよな……眺《なが》めるだけにしておこう。

スマホを取り出したものの、カメラは向けずに脳内フィルターに保存する。美少女と猫の組み合わせ最高、などと考えながら。

「よっぽど腹減ってたんだな」

野良猫を彷彿《ほうふつ》させる食べっぷりは思わず苦笑《くしょう》するほどで、ペロリと完食したにもかかわらず白猫は亜弥の手を舐め続けている。

「朝、ここを通るときは何も聞こえませんでしたし、授業を受けている間に置いて行かれたのでしょう」

「数時間、何も食べてないなら当然か。それより、よく聞こえたな」

「私、聴力《ちようりよく》検査で引っかかったことがないので」

「地獄耳《じごくみみ》……」

「何か、言いました？」

「いいえ、何も」

容赦《ようしや》なく吐《は》いてくる毒舌《どくぜつ》に文句を言うのは心の中だけにしておこう、と深月は笑っているくせにどこかおぞましい亜弥に誓《ちか》った。

「それで、どうにかすると言っていましたが何か考えがあるのですか？」

「一応、考えてはいるんだけどな……」

捨て猫を見つけた場合の対処の仕方は人によってそれぞれだ。

拾ってそのまま飼い主になるか、自治体に届けるか、見なかったことにするか。

どれが正しい選択で、捨て猫にとって一番幸せな決断なのかは誰《だれ》にも分からない。

だから、これはきっと人間のエゴなんだろうと思いながら、深月は考えている内容を亜弥に伝えた。

「新しい飼い主を探そうと思っている」

「私達では飼えませんし、このままでは危険ですからね。無難でしょう」

「どうしても見つからなくて、無理な場合は自治体に届けるけど……いいか？」

「それが、この子のためになるのなら……ですが、見つけてあげたいですね」

「そうだな。そのためにも、協力してくれそうな人って誰かいるか？」

深月と亜弥の二人で新しい飼い主を探すのは少々難易度が高い。

学校では、聖女様として亜弥のお願い事はほとんど叶えてもらえそうだが、その人気は学校の外では通じない。知らない人の家を一軒《けん》一軒訪問していくのはあまり現実的ではないだろう。

深月に至っては知らない人とコミュニケーションを取りたくないので論外である。

となれば、必然的に誰かに協力を求めるしかなく、その相手は頼りやすい友人やクラスメイトになってくる。

「俺のスマホには友達の連絡先《れんらくさき》が二人分ある。頼れば協力もしてくれるはず。けど、正直言えばあんまり頼りたくはない」

手を貸してほしい、と頼《たの》めば明《あきら》と日和《ひより》は間違《まちが》いなく駆《か》け付けてくれるはずだ。

けど、亜弥と居るところを見られ、変な勘違いをされ、大騒《おおさわ》ぎされることも間違いないと思う。

色々と誤解され、疲れさせられるのは遠慮《えんりょ》願いたいからこそ、一声掛ければ百人は集められそうな亜弥に期待した……のだが。

「私、誰とも連絡先を交換《こうかん》していないので期待されても無理ですよ」

「……え、嘘だよな？」

「友達もいないのに連絡先を交換する相手なんているはずないでしょう」

ふふん、と鼻を鳴らして得意気になった亜弥が全く理解出来なかった。

「使えない奴」

「大差ないと思いますが」

「そうだけど……ゼロって。クラスのグループに入ってたりとかは？」

「全てお断りしていますね」

「……お前、俺みたいに誘《さそ》われない訳じゃないんだから入っとけよ」

「嫌ですよ。知らない内に連絡先が出回っていたり、変なメッセージが送られてきたりなんて二度とごめんです」

そういうことをされたらしく、本気で嫌がっているので強くは言えずに深月は自分のスマホに視線を向けた。

頼りたくはないが、実際問題他に手はないので仕方ない。

「来てくれたらめっちゃ騒《さわ》がしくなるけど大丈夫？」

「騒がしいのは慣れていますから」

「そっか。じゃあ、電話かけるな」

自虐的《じぎゃくてき》に苦笑した亜弥に頷《うなず》いて、深月はバカップルの片方である明に連絡《れんらく》した。

数コールした後、呑気《のんき》な声が聞こえてくる。

『ほいほーい。どうした？』

「アパートから学校までの途中にある公園、分かるよな？」

『ああ、あのブランコしかない公園だろ』

「急用だ。そこに居るから来てくれ。因みに、今どこに居る？」

『ヒヨと学校。友達と喋《しゃべ》ってた』

「なら、日和も一緒に来てくれ。頼んだぞ」

『なんか、よく分かんねーけど分かった』

連絡を終えて、スマホをポケットにしまう。学校からここまでは十分程《ほど》で着く。

その間に亜弥と作戦会議をしておかなければならない。亜弥が余計なことを言わないように。

「来てくれるらしいけど、田所《たどころ》明と柴田《しばた》日和って知ってる？」

「お名前は初めてですね。ですが、顔はどなたか分かります」

「流石、学年一位の成績だな。いや、アイツらがバカップルで有名だからか」

「二人は恋人《こいびと》同士なのですね」

「知らなかったのか？　お前程じゃないけど、かなり認知《にんち》されている方だと思うぞ」

「学年一位であっても、関わりのない他クラスの方の顔と名前を知っているはずないじゃないですか。興味もないのに」

「じゃあ、なんで顔は出てくるんだ？」

「体育祭の予行演習の時、あなたとお話ししていたのであの方達かなと思っているだけですよ」

何気なく、さらっと凄《すご》いことを暴露《ばくろ》してきた亜弥に深月は言葉を詰まらせる。

あなたのことを見ていました、と言った訳ではないがそう捉えられても言い訳出来ない発言をしたことに亜弥は全く気付いておらず、目を丸くした深月を不思議に見ている。

やはり、亜弥に発言させるのは危険だった。

「そ、その二人で合ってるけど、お前は何も話さなくていい」

「どうしてですか。元はと言えば、私が見つけた問題なのに」

「お前の口はどこで爆弾《ばくだん》落とすか分からないから危険なんだ。俺に、いい案があるからお前は黙《だま》ってニコニコ聖女様してろ」

「あなたのこと嫌いです」

「おう、嫌いでいいからベンチに座《すわ》って猫の相手でもしてろ」

眉《まゆ》を寄せて、拗ねてしまった亜弥をベンチに座らせる。

そして、白猫を亜弥の膝《ひざ》に乗せた。

白猫も亜弥には心を許したのか、深月には威嚇《いかく》するように「シャー」と鳴いたくせに亜弥の膝の上では丸くなっている。

そんな姿が可愛いのか、背中を擦《さす》る亜弥の口元には笑みが浮かんでいる。

単純な奴だ、と思いながら眺めていれば明と日和が来てくれた。

しかし、目の前の光景が信じられないのか明は口をポカンと開けて固まり、日和は振《ふ》っていた手を万歳《ばんざい》するように制止させている。

「え、なにこれ、どういう状況？　夢？」

「だとしたら、私たち同じ夢を見ているの？　深月と聖女様が見えるよ」

「俺もだ。ヒヨ、ちょっと頬《ほお》をつねってくれ」

「私も。アキくん、頬《ほ》っぺたお願い」

深月とベンチに座る聖女様としての亜弥を見比べる二人はお互《たが》いの頬をつねり合いながら瞬《まばた》きを繰り返している。

「「いひゃい」」

「そりゃ、現実だからな」

誰だって当然の反応をするであろう状況ではあるが、いささか大袈裟《おおげさ》すぎる。

二人の手首を掴《つか》んだ深月が亜弥の元へと連れて行けば、二人は同時に間抜《まぬ》けな声で「ほへ？」と口にした。視線は白猫を捉えている。

「説明求む」

「歩いていれば、鳴き声が聞こえたから探してみたんだ。そしたら、見つけたけど捨てられたらしいし、どうしたらいいか分からなくて困っているところに聖女様が声を掛けてくれたんだ」

実際とは、役の位置どころが真逆だが恋愛《れんあい》脳である二人に変な誤解を植え付けないための手段である。方法など選んでいられないのだ。

「飼えるかどうか聞いてみても無理だったから、お前達はどうか聞きたくて呼んだんだ」

「私の家は無理。ママがアレルギーなんだ」

「俺の家は既《すで》にポッタがいるから難しいな」

ポッタとは明の家で飼っている犬のことであり、「聞いてみるけど」と言ってくれるがあまり期待は出来ないだろう。そもそも、犬だけでもお金は掛かるのだから無理には頼めない。

「でも、どうにかしてあげたいし、友達に飼えないかどうか聞いてみるよ」

「俺も。クラスの連中含《ふく》めて当たれるだけ当たってみる」

こういう時、普段《ふだん》から他人とコミュニケーションを取っている二人のことがとても眩《まぶ》しく見えて、救世主のように感じられた。深月が頼《たよ》れるのはもう両親しか残っていないので二人の交友関係に期待したい。

「悪いな、急に呼び出したのに」

「いいのいいの。深月からの頼み事って珍《めずら》しいし、やる気出しちゃうよ」

「てか、絶対期待してただろ。俺とヒヨに手伝ってもらおうって」

「俺にはもう頼れるのがお前達しかいないんだ。お前も日和を見習ってやる気出せ」

「それが人に物を頼む態度かよ⁉」

「俺がクラスでどういう状況かよく知ってるだろ」

体育祭での一件から、元々クラスで浮いていた深月はもっと浮くようになった。

係りの仕事で提出物を集める時は捨てるように渡《わた》され、配布物を配る時は盗《ぬす》むように乱暴に取られていく。

悪目立ちして、嫌われることには慣れているのでどうでもいいが、そんな深月が頼んだところで誰も耳を傾《かたむ》けてくれないだろう。

「まあ、しょうがねえ。ヒヨも頑張《がんば》ってるし、やるか」

「助かる」

行動力のある日和は既に動き出していて、先《ま》ずは白猫の写真を撮ろうとしていた。

「こんにちは、一之瀬さん。私、柴田日和って言います」

「はい、こんにちは。初めまして」

「猫ちゃんのこと、皆に知ってもらうためにも写真を撮りたいんだけどいいかな？」

「顔出しはNGでお願いします」

「大丈夫だよ、写真には自信あるから猫ちゃんだけ撮らせてね」

一度仲良くなりたいと思った相手にはとことん絡《から》みにいくのが日和という女の子だ。だから、もし日和が亜弥を困らせるようなことがあったら、お世話になっているしすぐに助け船を出そうと決めていたのだが、意外にも日和は白猫にばかり気を取られている。

何度もシャッターを切る音が聞こえるだけで、亜弥にはそれっきりの日和を深月は別人かと思った。

「日和ってあんなに礼儀《れいぎ》正《ただ》しくて大人しかったたっけ？」

「能天気なヒヨでも相手は見ているんだよ」

「というと？」

「ヒヨ曰《いわ》く、聖女様は誰にでも壁《かべ》を築いてる気がするんだって。俺にはただの可愛い笑顔を浮かべる女の子にしか見えないんだけどな」

さっきまで暗い顔をして、油で手をベトベトにして、不機嫌《ふきげん》に頬を膨《ふく》らませていたなんて微塵《みじん》も感じさせずに聖女様になりきっている亜弥が明にはそう見えるのだろう。

日和の推測は正解だ。深月には、それなりにコロコロと表情を変えてくれるようになったが深月以外には亜弥は今みたいに当たり障《さわ》りのない笑顔しか浮かべない。

すっかり騙《だま》されている明と違《ちが》って、同じ女の子だからなのか、女の勘《かん》が働いているのか日和には亜弥が誰とでも距離《きょり》を置いているように見えるのだろう。

「でも、仲良くしたいって言ってたから徐々《じょじょ》に攻略《こうりゃく》していこうとするんじゃないかな」

「うわ、可哀想《かわいそう》……」

「深月はすーぐ折れたからな。さてさて、聖女様はいつまでもつか」

亜弥と日和は互いに美少女ではあるが、二人の性格は全く異なる。

物静かで大人しい亜弥に対して、日和は元気溌剌《はつらつ》で騒がしい活発な女の子だ。

性格が正反対の二人が仲睦《むつ》まじくしている姿はあまり想像出来なかった。

「まあ、俺より頑張って日和を手こずらせてくれたらいいよ」

「深月の脆《もろ》い壁はあっさり壊されたもんな。てか、聖女様にいきなり声掛けられて心臓止まったりしなかったか？」

「そんなに脆くなんてないわ」

胸に耳を当ててきた明を「邪魔《じゃま》だ」と押《お》し返せば、明は「生存確認完了《かんりょう》」などとふざけたことを言っている。

そこへ、肩《かた》を落とした日和がやって来た。

「とりあえず、十人に聞いてみたけど良い返事はなかった」

「そっか。彼氏《かれし》は全然働かないのにありがとな、日和」

明とふざけ合っている間にもテキパキ動いてくれていた日和を労《ねぎら》っておく。

「深月だって何もしてないだろ」

「俺の出番は今じゃないんだよ。今は日和の応援《おうえん》くらいしか出来ないからな」

「応援とかいらないから深月はこれからのことを考えなよ。家に帰ってからも聞いてみるけどさ、すぐには見つからないと思うよ。その間、猫ちゃんはどうするの？」

「俺が面倒《めんどう》見る」

「深月が面倒見るって不安しかないんだけど……」

「それ以前にアパートってペット飼えたっけ？」

「禁止されてる。けど、一時保護だし数日ならどうにかなるだろ。明日から休みだし」

「……深月って、たまーに変なところでお節介《せっかい》というか過保護になるよな」

他人にも自分にも無関心な深月が、手間暇《てまひま》かかる上に危険を背負ってまで面倒を見ることに明は納得《なっとく》していないのか、微妙《びみょう》な表情を浮かべている。

そして、もう一人。納得していない女の子がいた。

勝手に面倒を見ると深月が決めたからだろう。二人には気付かれないようにしながら、亜弥は細めた目で不服を深月に訴《うった》えかけていた。

話すな、と約束させているので口を挟《はさ》んではこないだろうが後で何を言われるか怖《こわ》い。なるべく見ないようにして深月はまとめに入った。

「とにかく、俺が面倒見るって決めたから何か進展あったら連絡くれ」

深月の真剣な眼差しで口にする姿を見て、不安を残しつつも二人は納得した。

「分かった。じゃあ、私達は帰るけど深月も何かあったらすぐに連絡するんだよ。あと、一之瀬さんにもお礼言いなよ」

「後で言っとくよ」

「じゃあ、健闘《けんとう》を祈《いの》る」

敬礼してきた明に同じく敬礼を返せば、二人は公園を出ていこうとする。

その前に、日和は亜弥に用事があるらしく目の前で足を止めた。

「一之瀬さん、深月に声掛けてくれてありがとね」

「おい、なんで日和が言うんだよ」

「だって、深月だし」

「俺だからなんだよ」

日和が子供を見るような目を向けてくる。まるっきり、信じられていない。

作り話だから言うつもりもなかったけど。

「その子、随分《ずいぶん》と一之瀬さんに懐《なつ》いたね」

「そう、でしょうか」

「そう見えるよ。やっぱり、聖女様の雰囲気《ふんいき》がそうさせるのかな。出会ってすぐ膝の上ではなかなか寝《ね》てくれないよ。よっぽど、人懐《ひとなつ》っこくないと」

亜弥の膝の上で眠《ねむ》る白猫に日和が手を伸《の》ばすと白猫はすぐに起き上がった。尻尾《しっぽ》を逆立てているのは警戒しているからだろう。

「ほらね」と得意気で言う日和に亜弥は聖女様の笑《え》みを誰も変化に気付かないほど小さく崩《くず》して、苦笑を浮かべた。

「一之瀬さんも心配だろうけど、安心してね。絶対、新しい飼い主見つけるから」

「お願い、します」

「うん。じゃあね、深月も一之瀬さんも」

公園を後にする二人を見送っていれば、制服がクイクイと引っ張られ、深月が視線を落とせば亜弥は唇を尖《とが》らせていた。

「あんな嘘《うそ》、ついても良かったのですか？」

「あの方が余計な誤解されなくて済んだろ」

状況が状況のためか、あまりにもない組み合わせだったからなのか、なんでも恋愛に絡めようとする二人が立ち位置が逆の作り話を疑いもせずに帰っていった。

嘘は良くないことだが、時には必要な嘘だってあるのだ。亜弥を元気付ける時とかに。

「でも、その嘘のせいで三人の間に亀裂《きれつ》が生じたら……」

「ないよ。あの二人とはそんなことにならないから」

自分のせいで深月達の関係に問題が生じれば、と心配していた亜弥だが間髪《かんはつ》容れずに否定した深月に目を丸くした。

「……随分と、信頼《しんらい》しているのですね」

「そんな脆い付き合いしてないからな」

「……少し、羨《うらや》ましいです」

信じ切っている深月に呟いた亜弥の口ぶりからは、本当に羨んでいるように聞こえた。

それが、何を指しているのか分からず、何を言えばいいのか思考を巡《めぐ》らせるも亜弥の視線は白猫に移り気の利《き》いたことは何も言えなかった。

「本当にあなたの家で面倒見るのですか？」

「ここまで来たら、それくらいはしないとな」

「ですが、元々は私が見つけた問題ですし、せっかく綺麗になったばかりの月代くんのお家《うち》でなんて悪いですよ」

「よく考えろ。俺は隣がお前だけだけど、お前の場合は俺以外にもいるだろ。バレる可能性は少しでも下げるべきだ。部屋が汚《よご》れても、悪いって思うならお前が掃除《そうじ》手伝ってくれたらいいだけの話だしな」

「そう、かもしれませんが」

「それに、もしバレて追い出されても俺には頼れる友達がいるからな。融通《ゆうずう》が利く深月の場合は、実家に帰るなり明の家に泊《と》まるなりどうとでもなる。

けれど、亜弥の場合はそうはいかないだろう。

これは、ただの憶測《おくそく》でしかないが亜弥の家庭環境《かんきょう》は複雑なのではないだろうか。

ファミレスに一度も行ったことがないことを口にしていた亜弥から感じられなかった、親を自慢《じまん》する気持ち。普通《ふつう》、毎日家で手料理を作ってくれる親ならば子供は少しは得意気になって自慢したくなるものだ。

けれど、亜弥にはそれがなく、むしろ、話すことの方が辛《つら》そうだった。

家に泊めてくれる友達もいなければ、家に帰りたくないかもしれない亜弥を追い出されて路頭に迷うような目に遭《あ》わせたくなかった。

言う必要もない本音を隠《かく》していれば、亜弥が制服の袖《そで》をきゅっと掴んでくる。

「……そんなこと、させません」

図《はか》らずもなった上目遣《うわめづか》いのまま、離《はな》さないように口にされ深月は慌《あわ》てて目を逸《そ》らした。

「お、おう。じゃあ、バレないようにしながら帰る、か」

乱れた動悸《どうき》を落ち着かせるように深呼吸し、深月が言えば亜弥は白猫を制服の中に潜《ひそ》ませた。

「ここで、大人しくしていてくださいね」

「いざとなったら、俺の背後に隠れていたらいい。壁になるから」

そんな作戦とは到底《とうてい》呼べない手段を用いて帰宅すれば、すんなりと深月の部屋に入ることに成功した。亜弥と白猫と一緒《いっしょ》に。

よく考えれば、アパートに住んでいるのは深月達より年齢《ねんれい》が上の人達ばかりでこの時間帯は出歩いていることが多く、そこまで気を張る必要はなかった。

「お前はもう帰っていいけど」

制服の中から取り出された白猫は、見知らぬ場所にきょろきょろ視線をさ迷わせながらウロチョロしたり、匂《にお》いを嗅いだりしている。ダンボール箱を持っていたし、亜弥の制服の中に腕《うで》を突《つ》っ込《こ》ませる訳にもいかず、中に入ってもらった——というより、当たり前のように足を踏《ふ》み入れた亜弥だったがもう役目は終わりだ。

「あなた一人に任せるのは申し訳ありません」

「そう言うと思ったよ」

真っ直ぐ見据《みす》えてくる綺麗な瞳《ひとみ》には強い意志がこもっている。

「それに、あなた一人に任せるのは心配です。主に、この子が」

「そう言うと思ったよ……」

全然信頼されていないのなら、亜弥にも居てもらった方が色々と助かるだろう。

正直、保護したところでどうすればいいのか深月も悩《なや》んでいたのだ。賢《かしこ》い亜弥が居れば百人力だ。

「で、猫を保護した時ってまずは何からすればいいんだ？」

「知るはずないでしょう」

速攻《そっこう》で期待を裏切られた。全然、百人力でもなかった。

これなら、ただの口うるさいだけで余分な手間が掛かりそうである。

「役に立たないしネットに頼るか」

「失礼ですね。同じくせに」

亜弥の文句は無視してソファに腰掛《こしか》けてスマホで検索《けんさく》した。

やはり、インターネットには捨て猫《ねこ》を一時保護した時の対処法が沢山載《たくさんの》っている。

けれど、その莫大《ばくだい》な情報は多種多様でどれが正解かさっぱり分からない。

うーん、と唸《うな》っていればそこに別の問題まで加わった。

気になったらしい亜弥が隣に座って画面を覗き込んできたのだ。

夢中になっている亜弥は気付いていないが、肩が触れる距離で柔《やわ》らかい感触《かんしょく》と甘《あま》い香りが直《じか》に伝わり、非常に居心地《いごこち》が悪い。

――いくら、集中しているからって距離が近い。それに、気を緩め過ぎだ。

「やはり、生き物を拾うのはそう簡単ではないですね」

「そ、そうだな」

ふう、と顔を上げた亜弥と目が合った。大きな瞳がパチクリと瞬きされる。

どうして深月の顔がこんな近くにあるのか不思議に思っているのだろう。

それから、理解するまでは一瞬だった。弾《はじ》かれたみたいに亜弥が端《はし》へと飛び退《の》く。

「別に、気にしてない。俺、着替《きが》えるついでにタオルとか持ってくるわ」

頬を赤くして、見るからに恥ずかしがっている亜弥に深月は努めて平静を装《よそお》い、自室に行った。

「……お前は、こういうので照れたりしないタイプだろ」

窓拭《まどふ》きの時も、落ちてくる亜弥を支えるために距離がかなり近くなったが亜弥に気にした様子はなかった。きっと、普段から男子に囲まれているから今更《いまさら》深月相手にいちいち照れたりしないのだろう、と思っていた。

なのに、先程《さきほど》の姿を思い出せば深月も同じように頬が赤くなった。

「意識していたらまた無視されるかもだし、気にしないようにしないと……」

気分転換《てんかん》に制服からジャージに着替え、汚れていいタオルを取り出す。

インターネットにはタオルで包んであげよう、と書かれてあった。安心して落ち着いて眠ることが出来るらしい。

リビングに戻れば、亜弥が背筋をピンと伸ばした。自分から近付いたくせに、借りてきた猫のように警戒している。

――黒猫《くろねこ》と白猫のセットは大変だから早く治してくれよ。

「ご、ごめんなさい」

苦笑しながら、深月は白猫が入れられていたダンボール箱にタオルを入れる。

しばらく待つと白猫《しろねこ》はタオルの上で丸くなった。安心しているのか、すやすやと眠り始めたので深月は毛布をかぶせるようにタオルで白猫を包んだ。

「今の内に餌《えさ》と夕飯買ってこようと思うんだけど、一之瀬はどうする？　何か欲《ほ》しいものがあれば買ってくるけど」

「……月代くんはどうするのですか？」

「美味《おい》しそうな総菜があれば買うかな。なかったらラーメンでも作ろうかと」

白猫のことがよっぽど心配なのか、帰る様子が亜弥にないのでお裾《すそ》分《わ》けは期待しない。となれば、必然的に以前食べていた内容になってくると答えれば亜弥はほんのりと眉を寄せた。

「私が作りますよ」

「いいって。お前、こいつから離れたくないんだろ？」

「だから、ここで作らせてください」

亜弥から放たれた言葉に理解が追い付かず、深月は口を開けっ放しにしてしまう。

手作りに拘《こだわ》る趣向《しゅこう》はいいが、そこまでして食べさせたいと思うだろうか。

「別に、これは迷惑《めいわく》をかけているお礼で特に深い意味はないので勘違《かんちが》いせずに」

「うん、勘違いなんてしないし、お前の手料理が食べられるならそれに越《こ》したことはないんだけど……」

それでも、尻《しり》すぼみになってしまう。このまま甘えてもいいのかと。

「……ご迷惑なら、断ってくださっても」

「いや、一之瀬がいいならお願いしたい」

悲しそうに目を細めた亜弥に深月はすぐに首を横に振っていた。

「承《うけたまわ》りました」

今度は、嬉《うれ》しそうに目を細めた亜弥に深月は安堵《あんど》した。

「でも、自慢じゃないけど食材が何もない」

「本当に自慢になりませんね。冷蔵庫、見せてください」

冷蔵庫の中身を見せれば、呆《あき》れたようにジト目を亜弥に向けられた。

「こんな立派な冷蔵庫があるんだから、食材も入れましょうよ」

「腐《くさ》らせるだけなんて金の無駄《むだ》使いだ。後処理もめんどくさい」

使える食材が何一つとしてない冷蔵庫が亜弥からすれば信じられないのだろうが、一人暮らしで料理をしない家ならどこも似たようなものだと思うので気にしない。

「調味料や調理器具は？」

「それならあるぞ。ほら」

「減った形跡《けいせき》も使った痕跡《こんせき》もないじゃないですか……これだけあれば色々と作れるのに」

「今までずっと冬眠《とうみん》していたからな」

引《ひ》っ越《こ》す際に両親が買い揃《そろ》えてくれたが使う機会もなく、宝の持ち腐《ぐさ》れとなっていた。湯を沸《わ》かすや焼くだけの簡単作業はしたことがあるので少しは使ったことがあるが。

「可哀想な子たちです」

「じゃあ、一之瀬が喜ばせてやってくれ」

「今日だけでも日の目を浴びさせてあげます」

「お、頼もしいな」

「茶化《ちゃか》さないでください。それで、何か食べたいものはありますか？」

「リクエストしてもいいのか？」

「あなたの家で作らせてもらいますから言ってください。限度というものもありますが」

「難易度的にどれくらいか分からないけど唐揚《からあ》げ」

密《ひそ》かに、深月は亜弥が作った唐揚げを食べてみたいと思っていた。

家を出てから、深月が理想とする唐揚げに出会っていないのだ。ただ、作ってもらう立場で希望するのはおこがましく、言えなかったのでこの機会に是非《ぜひ》とも食べてみたい。

「ちょっと失敗した感じの衣《ころも》がカリカリの唐揚げが食べたい」

どうだ、と期待して亜弥を見たのは料理の腕を信じ切っているからだ。

「要は長めに揚《あ》げればいいだけと思いますので、作れるかと」

「やった」

やや大袈裟にガッツポーズした深月に亜弥は口元に手を当ててクスリと微笑《ほほえ》む。

子供っぽいと思われても、コロッケを完璧《かんぺき》に作り上げた亜弥の唐揚げは間違いなく絶品だと思うので深月のテンションは上がる一方だ。

「唐揚げ以外は一之瀬が決めてくれ」

「では、買ってきてほしいものをメモしますね」

亜弥は制服のポケットから取り出したメモ帳に必要な物を記入していく。

「料理酒は調味料コーナーですからね。酒類コーナーを見ても時間を無駄にするだけですのでくれぐれも気を付けるように」

「経験談みたいに語るな」

「初めて買う時に経験済みですので」

深月が料理酒を使うとは両親も思わなかったらしく、置いていないので教えられる。

一応メモにも書かれた。信用ないな、と冷めた眼差《まなざ》しで渡されたメモに目を通してから深月は出ようと用意した。

「じゃあ、行ってくる」

「……あの、警戒《けいかい》しないのですか？」

「何を？」

「家に他人を残していくことにです。何かあったらどうしようと思いません？」

「お前相手に必要ないだろ」

留守にするのだからもう少し警戒しろ、と亜弥は言いたいのだろうが必要ないことである。

「わ、分からないじゃないですか。あなたが居ない間に私が悪いことするかもしれないんですよ」

「しないだろ。掃除手伝ってくれた時も何もなかったし。逆に聞くけどさ、何するつもりだよ？」

「……部屋のお掃除とか」

「あれからは気を付けて現状維持《いじ》を保っているけど、どうしても目の届かない範囲《はんい》とかはあるからな。逆に感謝することになるよ」

根が真面目《まじめ》で優《やさ》しい亜弥にはそれ以上の悪事が浮《う》かばないらしく、悔《くや》しそうに唇《くちびる》を尖らせて言い淀《よど》んでいる。

「……どうしてそんなに余裕《よゆう》なのですか」

「一之瀬のこと、信じてるからな。悪いこと出来ない奴《やつ》だって」

そもそも、亜弥が悪事を働くような性格なら深月にお礼だと言ってお金を渡そうとしたり、食生活を気にしてお裾分けをくれたりしない。これといった得もなく、疲《つか》れるだけなのに毎日せっせとお世話を焼いてくれているのに今更そんな心配抱《いだ》く必要などないのだ。

「……月代くんのイメージを押し付けないでください。私、悪い子ですから」

悪いことが出来ないのは良いことだと思うのだが、自分を良く見せないようにする姿が意地らしくて深月はつい笑みを溢《こぼ》した。

「確かに、口はちょっと悪いな」

「……あなたが嫌《いや》なこと言うからです」

「そうやって正直に口にしてくれるから、お前のこと数少ない信じられる相手に含んでるんだけどな」

「ば、バカなこと言ってないでさっさと行ってきてください」

頬を赤くした亜弥にグイグイと背中を押され、深月は追い出されてしまった。

「……私が悪いことしちゃう前に早く帰ってきてくださいね」

玄関扉《げんかんとびら》に隠れながら、顔を半分ほど覗《のぞ》かせる亜弥は一方的に言い残すと深月が口を開く前に部屋の奥《おく》へと消えていく。

「……っ、本当に口が悪い」

くそ、と呟《つぶや》いて深月は鍵《かぎ》を閉めてから急いで近所のスーパーへと向かった。

早く帰ってきてほしいと望んでいる亜弥のために。

だから、知る由《よし》がなかった。

「……月代くんのバカ。嫌《きら》いです」

ソファに座りながら、クッションを胸に抱く亜弥に悪口を言われていることなんて。


メモに書かれている物だけを買い、一時間もせずに帰った深月と入れ替《か》わるように亜弥は一度自分の部屋に帰った。どうやら、エプロンを必要としていたらしく、制服姿のまますぐに戻《もど》ってきては早速《さっそく》キッチンに立って調理を開始している。

「何か手伝うことあるか？」

「いいえ、大人しくしていてください。待つのがあなたの仕事です」

一応、そういったやり取りがあり、白猫に餌をあげ終えた深月はソファに座ってボーッと亜弥を眺《なが》めていた。後ろで結《ゆ》われた髪《かみ》を揺《ゆ》らしながら、手際よく野菜を切っている。

——なんか、同棲《どうせい》中のカップルみたいだな。

意識しないようにしていても、自分の家のキッチンでエプロンをつけた美少女が料理している姿にはやはり感じるものがある。

お互いに恋愛感情がないからこそ成り立っている空間だが、どこか胸がむず痒《がゆ》い。

「視線がやらしい気がするんですけど」

「変な言い掛《が》かりはやめろ。お前が言ったらシャレにならん」

夢じゃないかと現実を受け止め切れていなければ、冷たい声で現実に連れ戻される。

振り返らずに指摘《してき》してきた亜弥のせいで背中を冷たい汗《あせ》が流れる。

やはり、亜弥は視線に敏感《びんかん》なようで変なことを言われないように気を引《ひ》き締《し》めながらいそいそと動く小さな背中を観察した。

飽《あ》きることなく亜弥の背中を眺めて一時間もしない内に、部屋の中を香《こう》ばしい匂《にお》いが漂《ただよ》い始めた。鶏肉《とりにく》を揚げる、油が弾ける小気味良い音楽も奏《かな》で始めた。

その匂いとリズムに誘われるようにキッチンへと亜弥の邪魔にならない場所まで侵入《しんにゅう》した深月は目を輝《かがや》かせた。

頬が落ちそうな唐揚げが揚げられている。油が輝き、茶色い塊《かたまり》が宝石のように見える。

——ああ、今すぐ食べたい。

揚げられたばかりの唐揚げが皿に盛られていく。食欲がかつてないほどそそられた。

気付けば、手が勝手に伸びていて、ぺしっと叩《たた》かれた。

「こら、お行儀《ぎょうぎ》が悪いですよ」

「鬼《おに》。鬼畜《きちく》。こんな美味そうなものを前にして手を出すなと？」

「もうすぐ並ぶのでそれまでお待ちなさい」

やや言葉が強かったのは鬼と言ってしまったからだろうか。

お行儀が良い亜弥からすればつまみ食いは許せないのだろうが、怒《おこ》られたからといって深月も大人しくなったりしない。

大好物を、しかも、とびきり美味しそうな唐揚げを目の前にして我慢《がまん》など出来なかった。

「一個だけ。一個だけでいいから、今食べさせてください。お願いします！」

両手を合わせて、真正面から頼《たの》み込んだ。まるで、土下座しそうな勢いに亜弥が若干《じゃっかん》引いたのが空気で分かったが気にしない。

必死になって手をすり合わせて懇願《こんがん》すれば小さなため息が聞こえた。

「まあ、味見は必要ですからね」

「ありがとうございます！」

顔を上げれば、分かりやすく呆れている亜弥と目が合う。惨《みじ》めな姿を晒《さら》した自覚はあるが成果は得たので大した傷ではない。

喜んでつまみ食いに移ろうとすれば、唐揚げが宙に浮いていた。

ぱち、と瞬きした深月は唐揚げを摘《つ》まむ箸《はし》を見て、それを扱《あつか》う亜弥に視線を向ける。

「手で食べるのは火傷《やけど》するかもしれませんし、お行儀が悪いので許しません」

言いたいことは理解した。だからって食べさせてもらう状況《じょうきょう》に発展する意味が分からない。そんなこと、望んですらいなかった。

「どうしたのですか?」

普通、手がだめなら箸を渡せば解決することで食べさせてあげる必要はない。

しかし、気付いていない亜弥はこの状況にも特に意識した様子はなく、ただ善意だけでやっていて、食べるのを渋《しぶ》る深月を不思議そうに見上げている。

油はしっかり落としているだろうが、もし垂れて下で支えるようにしてある亜弥の手に火傷なんて負わせれば顔向け出来ない。

そう言い聞かせて、深月は口にした。

――もうどうにでもなれ。

望んだ通り、衣はカリカリしているにもかかわらず、噛《か》めば中からは肉汁《にくじゅう》が溢《あふ》れてくる。

まさに、ずっと食べたかった理想の塊は想像通り絶品で舞《ま》い踊《おど》っていただろう……普通に食べていれば。

「……熱い」

「そりゃ、揚げたてですから」

絶対に、それ以外の理由で深月は熱に襲《おそ》われているのだが、亜弥にはそれがあまり好評ではないと思わせたらしく瞳を伏《ふ》せた。

「……お気《き》に召《め》しませんでしたか？」

「ううん、めっちゃ美味《うま》いよ。最高」

「その割りにはあまり喜んでいないように見えますけど……」

「いや、なんか、美味しすぎて感動したから言葉が出ないというか……何を言えば、一之瀬に気持ちを伝えられるのか考えているんだけど」

美味しいと感じたのは間違《まちが》いなく、亜弥に伝えたい思いは沢山《たくさん》あるがいかんせんボキャブラリーが足りずに言い淀む。

そんな深月を見て、亜弥は小さく微笑んだ。

「喜んでくれているなら私は満足です。そもそも、気に入らなければ私の実力不足で月代くんが責められる訳ではないですし」

「本当にそう思っているから。毎日食べたいってのは大袈裟かもだけど、俺《おれ》が今まで食べてきた唐揚げの中で一番美味いし、唐揚げランキングナンバーワンだから」

早口で伝えたので随分と子供っぽい感想になってしまったが、聞いていた亜弥の頬《ほお》が赤く染まる。

「ほんと、大袈裟ですね。唐揚げランキングとかバカみたいです」

言葉とは裏腹に、嬉しそうな表情で言うのだから少しも気にならない。

それ以上に、喜んでいるのが丸分かりで衝動的《しょうどうてき》に頭を撫《な》でてやりたくなったのを我慢しながら深月は手伝うために食器の準備を始めた。

そうして迎《むか》えた亜弥との食事は一瞬《いっしゅん》で終了《しゅうりょう》した。

「本当に全部美味かった。ご馳走様《ちそうさま》」

「お粗末様《そまつさま》でした」

並んだメニューは唐揚げに味噌汁《みそしる》、加えてサラダというバランスのとれた内容でどれも美味しく深月は何度も頬を落とし掛けては気を引き締め直した。

一人暮らしでやや狭《せま》いダイニングテーブルで向かい合って食事する。

その事に最初は戸惑《とまど》ったが、ファミレスで経験しているし美味しすぎて夢中になっていたからあまり気にせずにいられた。

そうして、お代わりもして米粒《こめつぶ》一つ残さず綺麗《きれい》に完食した深月に亜弥も静かに喜んでいる。

「じゃあ、俺は洗い物してくるから猫のこと頼むな」

「分かりました」

しっかり満足させてくれた亜弥にはゆっくりしていてもらおうと深月が後片づけをしていく。油など、残ったものはどうすればいいのか聞いて、亜弥の手を僅《わず》かに煩《わずら》わせながらどうにか済ますことが出来た頃《ころ》にはすっかり恋人《こいびと》でもない男の家に女の子が居ていい時間ではなかった。

「そろそろお暇《いとま》します。猫ちゃんも寝ちゃいましたし」

「そうだな」

亜弥と遊んで満足したのか、白猫は気持ち良さそうに眠っていた。

このまま泊める訳にもいかず、どうしようかと思っていたので亜弥から言い出してくれて助かった。名残惜《なごりお》しそうにはしているけれど。

一度帰った時に荷物などは持って帰っていたので身一つで玄関《げんかん》に向かう亜弥は足を止めて、スカートのポケットからスマホを取り出した。

「何かあった時のために連絡先《れんらくさき》を交換《こうかん》しておいてもよろしいですか？」

「ああ、いいけど……お前こそいいのか？　誰《だれ》にも教えてないんだろ」

同じようにスマホを取り出して、ふと思う。

勿論《もちろん》、亜弥が嫌がることをしようとは思わないし、猫に何かあった時のために知っておいた方が便利なのは分かるのだが。

「私も月代くんは悪いことを出来ない人だと思うので構いません。もしもの時は連絡先を変更《へんこう》して遮断《しゃだん》すればいいだけですし」

「そうか。まあ、俺がお前の連絡先知ってるって言ったところで誰も信じないだろうけど」

「でしょうね。それに、二人しかお友達がいないんじゃ広めようもないと思います」

「おっしゃる通りだわ。じゃ、交換しておくか」

今時の高校生はメールをほとんど使わず、メッセージのやり取りが可能なアプリを使用している。けれど、友達がいない亜弥はどうだろうか、と思っていればアプリを入れてはいるが、交換の仕方はさっぱりらしい。

「えーっと、確かこうやって」

深月もはっきり覚えていない記憶《きおく》をもとに、自分のＱＲコードを表示させる。

それを、首を傾《かし》げながら苦戦する亜弥に読み込んでもらい交換は成功した。

「これが、ＱＲでの交換……皆《みな》さんがよく行われている交換方法なのですね」

本当は、亜弥もこうやって女子高生らしく誰かと連絡先を交換したかったのだろうか、と思うほど亜弥は感激したようにうっとりして、画面を見ていた。追加された深月の名前を眺めているのだろう。

アプリに一之瀬亜弥という名前が追加され、不思議な気分になりながら深月も眺める。

「女の子で初期設定のままって珍《めずら》しいな」

アプリには自分を示すアイコンがあるが、亜弥は初期設定のままだった。

深月が連絡先を交換している女性は亜弥を含《ふく》めて三人しかいないので詳《くわ》しくは知らないが、日和は明とのツーショット、母親は家族の集合写真をアイコンにしている。

だから、画像を入れていないアイコンが珍しく思えたが亜弥には気にした様子はなく、スマホをしまった。

「使う機会もありませんでしたからね」

「……話し相手くらいならなるけど？」

「悲しい子扱いしないでください。言ったでしょう。自分から誰とも交換しないのだと。では、また明日」

そうして、丁寧《ていねい》に腰《こし》を折って帰っていった亜弥のことを思い返しながら深月が寝る用意を済ませてベッドに入ったのは十一時過ぎだ。

そろそろ寝るかと思っていたところに着信音が鳴り響《ひび》く。

画面を見れば、亜弥の名前が表示されていた。

「もしもし？」

『一之瀬ですけど、猫ちゃんは大丈夫《だいじょうぶ》ですか？　何か騒《さわ》いでいたりしませんか？』

耳のすぐ近くから聞こえる鈴《すず》の音のような聞いていて気持ちが良くなる声に深月の胸がざわつきそうになるものの、話題は猫ばかりで甘い空気などない。

「ちょっと待ってろ」

苦笑《くしょう》しながら足音を消して、様子を確認《かくにん》しに向かえば白猫はすやすやと眠っている。

「うん、大丈夫。気持ち良さそうに寝たままだ」

『そうですか。もし、何かありましたら連絡《れんらく》してください。すぐに出られるようにしておきますので』

「分かった」

『おやすみなさい』

「おやすみ」

あまり長く話すことなく、短いやり取りを終えて通話を切った。

そういえば、明日は何時から来るのか聞き忘れたがもう一度かけ直す気にはなれなかった。

早くても昼過ぎだろう、と予想して深月はもう一度ベッドに入り直した。

その予想が覆《くつがえ》されたのは朝早くから鳴り響く、インターホンの音によってだった。

規則的な電子音に驚《おどろ》いて、飛び跳《は》ねるように深月は目を覚ました。

——危ない危ない。知らない間に意識失ってた。今、何時だ？

「……まだ七時じゃないか」

スマホで確認した時刻に大きなため息が漏《も》れる。

——こんな朝早くからなんてはた迷惑な。

思い当たるのは一人しかいなく、ゆっくりとした動作で玄関扉を開けた。

「おはようございます」

「……おはよう」

朝早くからにもかかわらず、亜弥はいつも通りの変わらない表情を浮かべ、寝不足《ねぶそく》など窺《うかが》えない。

むしろ、普段《ふだん》より少しばかり元気なようにも思える。

制服姿ではない、私服姿が朝日と重なって眩《まぶ》しく見えた。

「まだ、七時だぞ。早いわ」

「もう、七時です。眠そうに見えますけど寝不足なのですか？」

「ソファで寝てた」

「なんでまた、そんな体を痛めるようなことを……」

外は冷えるので呆れる亜弥をとりあえず中に通した。

リビングでウロウロしていた白猫は亜弥の姿を見つけると足元にすり寄って、亜弥の足に頭を押《お》し付けながらすりすりと擦《こす》っている。気持ち良さそうに。

随分と懐かれた亜弥は動物が好きなのか、慈《いつく》しむような笑顔《えがお》を浮かべながらその頭を優しく撫でる。とても嬉しそうに。

まるで、本当の聖女様みたいに後光の幻《まぼろし》まで見えた深月は目を手で覆《おお》いながら、昨日の買い物で購入《こうにゅう》しておいた猫用《ねこよう》の遊び道具を机に並べた。

「もう一眠《ひとねむ》りしたいんだけど、コイツの相手任せてもいいか?」

「構いませんけど……大丈夫ですか?」

「ただの寝不足なだけ。夜中にコイツが急にウロチョロし始めてさ、何かあったらって思ってずっと起きてた。最後の方は意識ないけど」

大きなあくびをして、ボーッとしていれば亜弥にじっと見つめられる。

考えが読めない無表情は何を思われているのか睡魔《すいま》に襲われる頭では見当もつかない。

「……何か?」

「……いえ、たっぷりと寝てください」

それだけではなさそうだが、亜弥は既《すで》に白猫に視線を戻しているので追及《ついきゅう》はしない。

眠《ねむ》りにつく前に、深月は最後の力を振《ふ》り絞《しぼ》って余っている合鍵《あいかぎ》を亜弥に渡《わた》した。

「……あの？」

「これなら、俺が寝《ね》ている間でも出入り出来るから……じゃ、頼んだぞ」

亜弥が何か言いたそうにしていることにも気付かないまま、フラフラした足取りで自室に入り、ベッドに倒《たお》れ込んだ。

「……あー、寝る前に見ちゃいけないもの見ちゃったなあ」

目を閉じれば、先程の亜弥が思い浮かぶ。

慈しむような、母性溢れる聖女様のような微笑みは寝不足の瞳では見てはいけない危険物のように破壊力《はかいりょく》が高く、記憶から消えてくれない。

「……ああやって、撫でられて寝たらすっごくいい夢が見られるんだろうなあ」

そんなあり得ない幻想《げんそう》を想像してしまうため深月が眠るまでに時間を要した。

◇　◇　◇

そんな幻想を抱かれているとは露《つゆ》知らず、リビングで亜弥は困惑《こんわく》していた。

「……へ？　……へ？」

初めて、異性から合鍵を渡されてどうすればいいのか分からない。

深い意味はないことを理解していても、やっぱり悩んでしまう。

そもそも、亜弥は夜まで帰るつもりはなかった。

昨日の内に、問答無用で自分と深月の朝昼夜の食事をここで用意しようとメモに食材を多めに記入していたし、恥《は》ずかしくて嫌だけどお手洗いも借りればいいと。

そうして、今日は一日中、猫ちゃんと遊んでいようと朝早くから深月の家を訪《おとず》れた。

なのに、合鍵を渡されてしまった。自分の部屋の鍵と見分けがつかない鍵を。

「ま、まあ起きたら返せばいいだけですし、今は預かるくらいの気持ちで……」

恋愛《れんあい》に憧《あこが》れがない訳ではない。世の中の恋人達《こいびとたち》を見れば、幸せそうでいいなと思う。

けれど、それ以上に男性が苦手で嫌いだから誰も好きにならないし、恋《こい》なんて絶対にしないと決めて諦《あきら》めている。誰かを好きになる気持ちが自分の中には存在していないと信じている。

深月にだって、好意なんて欠片《かけら》も抱いていない。

だと言うのに、合鍵一つ渡されただけでこんなにも胸の中がかき乱されて、使うはずもないのに失くさないようにぎゅっと握《にぎ》りしめている自分に嫌気《いやけ》がさす。

「……決めた。起きたら突き返す。起きたら突き返す」

呪言のようにぶつぶつ言いながら、気付いた。

「いつ起きるんですか？　こういう場合、起こせばいいんですか？　だとしたら、何時に起こせばいいんですか？　部屋に入る訳ですか？」

深月が変なことをしてくるとは思っていないが、ずっと警戒はし続けている。

男の子の部屋に入るのは、やはり躊躇《ためら》ってしまうのだ。

考えれば考えるほどモヤモヤが大きくなり、亜弥は全部深月が悪いことにして放っておくことにした。お腹《なか》が空《す》けば、勝手に起きてくるだろうと。それまでは、何もしないで気を紛《まぎ》らわせるように白猫と遊びまくった。

結局、深月は昼過ぎにボーッとしたまま起きてきて、亜弥がいることを忘れていたのか驚いている様子に余計に腹が立ち、亜弥は食事の用意や白猫と二人で遊んでいて合鍵を返すのを忘れたまま夜になり、その報《しら》せを迎えた。

◇◇◇

晩ご飯を終え、二人で白猫と遊んでいると深月のスマホに日和から着信があった。

『見つかったよ、深月』

「嬉しいのも分かるし、助かるけどもう少し落ち着け。聞こえるし、耳が潰《つぶ》れる」

『あ、ごめん。それよりも、猫ちゃんどう？　無事にしてる？』

「俺の耳をそれよりもで片付けるな。元気にしてるよ」

どうやら、昨日今日と明と共に聞きまわってくれたらしく、日和の友達の一人が飼いたいと名乗り出てくれたらしい。

『深月のアパートって動物駄目《だめ》なんでしょ。だから、早い方がいいかなって思って明日の昼過ぎならその子も大丈夫らしいから見つけた公園で会う約束にしてるんだけど……どうかな？』

深月がすぐに答えられなかったのは、スマホから漏れる元気な声に亜弥が表情を曇《くも》らせていたからだ。

──離《はな》れたく、ないんだろうな。

今日一日の間にも、亜弥は何度も普段からは想像出来ないほど年相応のあどけない笑《え》みを浮かべていた。

日和と違《ちが》って大人しい亜弥は大きな声で騒いだりしない。

それでも、彼女《かのじょ》なりの精一杯《せいいっぱい》の楽しいを表現していた。

そんなのを見てしまえば、亜弥から白猫を取り上げるような真似《まね》は、したくなかった。

『あれ、深月？　聞こえてる？』

「……聞こえてるよ。それで、頼む」

『オッケー。じゃ、詳しいことは後で送るからねー』

けれど、いつまでもこの状況を続けてはいられず、深月は渋々《しぶしぶ》通話を終了した。

「……聞こえてたと思うけど、飼い主見つかったって」

「らしいですね。良かったです。私達では、限度というものがありますし、ここよりもいい環境《かんきょう》ならこの子も安心でしょう。今度は素敵《すてき》な飼い主さんであることを祈《いの》るだけで」

「そこに関しては大丈夫だと思う。日和の友達だから」

「人はそう簡単に信じない方が良いですよ」

背筋が凍《こご》えそうな声で重たく口にした亜弥は言ってから後悔《こうかい》するように表情を歪《ゆが》めた。

申し訳なさそうに瞳《ひとみ》を伏せて、すぐに頭を下げる。

「……ごめんなさい。私の考えで月代くんのお友達を悪く言うようなことをして……」

「一之瀬が考えていること、同感だから謝《あやま》らなくていい。人なんて、何考えてるか分からないし、そう簡単に信じられるものでもないからな」

他人を信じるなんて一番難しいことだ。

日和がいい奴だから、顔も名前も知らない日和の友達も信頼《しんらい》出来ると深月が思い込《こ》んでいるだけで、実際にどうかは明日になっても分からない。

もし、また裏切られたら可哀想《かわいそう》だからと優しい亜弥は心配しているのだろう。

それなら、あの言葉が出ても当然だし、亜弥には亜弥なりの考えがあるのだから責められることでもない。

「……ほんと、私は口が悪いですね。ごめんなさい、月代くん。その子のこと、お願いしますね」

自虐的《じぎゃくてき》に笑った亜弥は深月に有無《うむ》を言わせないまま、逃《に》げるように帰っていった。

「……まだ、お別れもしてないじゃないか」

もう猫《ねこ》とは会わない。

そんな風に聞こえた深月は悲しそうに目を細めて鳴く白猫を抱き、嘆《なげ》くように呟いた。

翌日、昼を過ぎても亜弥が深月の家に来ることはなかった。一切《いっさい》、連絡もなかった。

亜弥が逃げ帰った後、日和から送られてきたのは約束の時間だった。

その待ち合わせまであと少しでそろそろ家を出て向かわなければならない。

最後に、猫のために買った物が落ちていないかと部屋を見渡《みわた》して確認する。

「よし、大丈夫だな」

同意するようにダンボール箱から顔を出した白猫がにゃーと鳴いた。

「しっかし、お前。本当に大人しいな」

もう最後だからと、惜《お》しむように白猫の頭を撫でておく。

初日は、警戒して全身の毛を逆立てられることもあったが今ではすっかり深月にも懐《なつ》いていた。元々、飼われていたし人懐っこいのかもしれない。

撫でれば気持ち良さそうに目を細める姿が実に愛らしく、捨てた元の飼い主に嫌悪《けんお》感を抱いた。

家庭にはそれぞれの事情があり、他人の自分が口出ししてはならないことも分かっている。もしかすると、急に飼えなくなってしまうことが起きたのかもしれない。

それでも、亜弥と同じことを思う。育てられないなら最初から飼うな、と。

「……あいつ、来ないのかな」

きっと、会えば別れが辛《つら》くなる。本当は、もっとこの子と居たい。

昨夜の泣きそうな顔はそう感じているからこそであり、亜弥は会いに来ないのだろう。

ならば、亜弥には何も言わずに家を出るべきだ。

たったの数日であったが、一緒《いっしょ》に過ごし深月も愛着が湧《わ》いて別れを悲しんでいる。

それを共有するために、わざわざ亜弥に辛い思いをさせるのは好ましくない。

感傷に浸《ひた》るのはらしくないな、と鼻で笑って外に出た。

鍵を閉めながら、チラリとお隣《となり》を見ても扉《とびら》が開いて亜弥が出てくることはない。

「あ、こら。顔を出すな」

代わりに白猫《しろねこ》が顔をダンボール箱から出した。

ひょこっと顔を覗かせたまま、亜弥の家の方をじっと見ている。

「誰かに見られでもしたらどうするんだ」

必死にダンボール箱の中に戻るよう言っても、言葉は通じない。

「……もしかして、匂うのか？」

返事などないが、白猫はずっと小刻みに鼻を動かしている。

試《ため》しに、亜弥の部屋の前まで行けば、亜弥を呼ぶように鳴き始めた。

動物にある信じられない力が働いて、ここに亜弥が居ると分かったのだろう。

「お前も、会いたいんだな」

返事はなくとも、どういう気持ちかは知れた気がした。

それだけで、インターホンを鳴らす理由に至った。

「……はい」

昨夜のことを気にしているのか、最後に会えなかったことを後悔しているのか聞こえてきた亜弥の声は暗いものだった。

きっと、表情も暗いものだろうと見えなくても目に浮かび、そんな彼女を深月は必ず出てくる手段を用いて呼び出した。

「助けてくれ。急にあいつが――」

最後まで言う前に通信が切られ、狙《ねら》い通り駆《か》け足《あし》と共にすぐに亜弥が出てくる。

随分《ずいぶん》と焦《あせ》ったようで、呼吸と髪が乱れていた。

「あ、あの子になに、か……？」

青ざめていた亜弥は深月の腕《うで》の中で元気よく鳴く白猫の姿を見て、きょとんと眼を丸くしたまま呆然《ぼうぜん》としていた。

「こうすれば出てくるだろうって嘘《うそ》をついた」

「う、うそ……」

鬼気迫《ききせま》った声で呼び出したから、全身の力が抜《ぬ》けていくように亜弥はその場にへたり込む。

大袈裟《おおげさ》にやりすぎた、と今になって罪悪感に襲われた深月はどうしたものかと考えて目線を合わすようにしゃがんだ。

「げ、元気出すにゃー」

「……ふ」

「ふ?」

「ふざけたこと言わないでください！　私は、その子に何かあったんじゃないかって本当に心配で……」

今にも泣きだしてしまいそうなほど目を潤《うる》ませる亜弥に深月は反省して頭を下げた。

怒らせるつもりもなかったし、亜弥のためを思ってのことだったがもう少し他のやり方があっただろう。

「ごめん。気遣《きづか》いが足りてなかった」

「……いえ、私の方こそ大声出してすみません。その、今からですか?」

「うん。今から連れて行く。だから、最後に一之瀬も会いたいんじゃないかと思って」

「……私は、別に」

「こいつは、会いたそうだったよ」

深月が白猫を差し出しても亜弥は必死に見ないように顔を背《そむ》けている。

我慢比べだった。亜弥に譲《ゆず》る気がなくても深月にも譲るつもりは毛頭ない。

腕を伸《の》ばし、距離《きょり》を近づければようやく亜弥が顔を向けた。嬉《うれ》しそうな鳴き声が響く。

「……そう、ですか」

それを聞いた亜弥も小さく微笑《ほほえ》む。

「別にさ、悲しいから会わないって方法は悪くないと思う。けど、いつか後悔するんじゃないかとも思うんだ。こいつ、一之瀬に一番懐いてるしさ、ちゃんとさよならは言ってやった方が喜ぶんじゃないか」

ほら、と白猫を亜弥に抱《だ》かせれば、白猫は亜弥の頬をペロペロと舐《な》める。

まるで、泣いている子供をあやすように。

亜弥は特に何も言わないが、ぎゅっと白猫を抱きしめた。

「泣くなら、泣いてもいいよ」

「……口を閉じて、黙《だま》っていてください」

「へいへい」

鋭《するど》い瞳に睨《にら》まれたので言われた通り、口を閉じた深月は悲しみの中で見出《みいだ》した幸せを精《せい》一杯《いっぱい》抱きしめる亜弥を時間が許す限り眺めてから、公園に向かった。

結局、公園に到着《とうちゃく》したのは約束の時間を過ぎてからだった。

「あ、遅《おそ》いよ、深月」

大きく手を振る日和と友達らしき女の子、その両親であろう二人が居て深月は先に遅《おく》れたことを謝罪した。

「いいよいいよ～。動物と一緒なら時間がズレるのは当たり前だし、気にしないで良し」

日和の友達は笑って許してくれた。彼女の両親も同意するように頷《うなず》いている。

「この子は安原雫《やすはらしずく》。私の友達」

「えー、私の紹介《しょうかい》雑じゃない？　もっと、他に色々あるでしょ」

名前を教えてもらい、どこかで聞いたことがあるが思い出せずに深月は首を傾げる。

「もお、ほんと他人に興味なさすぎ。毎日、お昼の放送で聞いてるでしょ」

「日和の紹介が雑だからでしょ。えー、こほん。お昼休みの時間になりました……って、聞き覚えない？」

「そう言われれば、聞いてる気がする」

「良かったー。覚えてもらえてて」

「いや、覚えてないよ、深月は」

ぼんやりと思い出した深月に雫は安堵《あんど》しつつ、花が咲《さ》いたように笑う。

日和の友達ということで、概《おおむ》ねの予想はしていたがやはり明るくて元気溌剌《はつらつ》な女の子だ。

そう言えば、お昼の放送でも一人で話して一人でウケているのをよく聞く気がする。

「で、早速だけど月代くん。例のブツは？」

「ブツって言い方……コイツなら、ここ」

深月とはれっきとしたテンションの差に早くも日和フレンズらしさを感じながら抱《かか》えたダンボール箱の中を見せる。

「うひゃあ、可愛《かわい》い！　おかーさん、おとーさーん」

一目見て、目を輝かせた雫は白猫を抱えると両親の元へと駆けていった。

家族仲良く、三人で楽し気に話す光景は温かく、見ていて安心感もあり任せられる気がした。

「雫の家さ、既に猫飼ってるんだよね」

「それなのに頼んでいいのか？」

「そんなの見捨てられない、って言ってたからいいんだと思うよ。それに、初めて飼うって人よりも安心出来るでしょ」

日和の言う通りだった。ド素人《しろうと》が引き取り、結局世話し切れなくてもう一度見捨てられたら意味がない。

後はもう、深月がやることは雫達《たち》を信じることとささやかなお願いを頼むだけだ。

三人の元に向かい、深月は深く頭を下げた。

「そいつのこと、お願いします。幸せにしてあげてください」

来る前、亜弥と約束してきたのだ。

もう二度と悲しい思いをしなくて済むようにしっかり頼んでくると。

「うん、任せといて。学校でこの子が幸せそうにしている写真見せるよ。だから、楽しみにしててね」

肩《かた》に手を置かれ顔を上げれば、三人は優《やさ》し気《げ》に微笑んでいた。

他人は信用ならない。そう言った亜弥を深月は悪く思わないし、むしろ、同意する。

事実、元の飼い主は可愛がっていたであろうこの子を裏切り、捨てたのだ。

他人をそう簡単に信用するのはやめた方がいい。

けれども、雫達を見ていれば安心して任せられる気がして、深月はもう一度深く頭を下げながら車で帰っていく雫達を見送った。

「助かったよ。日和もありがとな」

「どういたしまして。お礼は駅前のケーキでいいよ」

「はいはい、分かった。今度、連れて行くよ」

「あれ、やけに素直《すなお》だ。てっきり、文句でも言われると思ってたのに」

「感謝してるからな」

「うんうん、いい心構えだぞ」

腕を組んで頷く日和に僅かな苛立《いらだ》ちを覚えたものの、助けを求めたのはこちらなので最初から何かお礼はするつもりだった。自分から言い出さなければ快かったのだが。

「ところでさあ、深月」

「……なんだよ、急にニヤニヤして気持ち悪い」

可愛いが、見ていて不愉快《ふゆかい》になる笑顔に嫌《いや》な予感を覚える。

数ヶ月の付き合いしかないが、こういう笑い方をする時は決まって面倒《めんどう》になるのだ。

元々、相手をするのは疲《つか》れるのにこの場合は特にである。

「随分と必死になってお願いしてたね。深月があんなに熱い奴《やつ》だって知らなかった」

「……関わったからには、幸せを願うのは当然だろ。それに、あいつにもう悲しい思いしてほしくないし」

「そっかそっか。寂《さび》しくなってぬいぐるみが欲《ほ》しくなったら言ってね。買い物、付き合ってあげるから」

「お前それゲラゲラ笑うやつだろ」

「そんなことないよー」

楽しそうに背中を叩《たた》いてくる日和はビックリするほど棒読みで信用出来ない。

そんな未来が来ないことを祈りながら、日和と別れ、帰宅した深月の目に飛び込んできたのは自分の物じゃない見慣れてきた女の子の靴《くつ》だった。

目を疑っても、やはりそこには亜弥の靴が綺麗に並んでいる。

――え、どういうことだ？

「おかえりなさい」

「ただ、いま……」

リビングから顔を覗《のぞ》かせた亜弥に余計に頭を悩《なや》まされる。

合鍵で入った、までは理解が追い付くが用もないはずなのにどうして居るのかが謎《なぞ》だ。

「新しい飼い主の方はどうでしたか？」

「印象良かったし、大丈夫だと思うよ」

「そうですか。良かった……」

胸を撫で下ろし、安堵する亜弥。

静かに深い息も吐《は》いていて、よっぽど心配していたことが窺える。

「昨日、何か忘れ物でもしたのか？」

「いえ、掃除《そうじ》でもしていた方が落ち着くと思いまして勝手にお邪魔《じゃま》させてもらいました。元はと言えば、私のせいで汚《よご》したようなものですし。お邪魔しています」

抜け毛の少ない種類だったとはいえ、多少の白毛はあちこちに落ちていて、亜弥はそれを掃除していてくれたらしい。粘着力《ねんちゃくりょく》のある掃除道具に巻き付いた白毛を見せてくる。

「掃除くらい、自分でやるから気にしなくて良かったんだぞ。ありがたいけどさ」

「よくそんなこと言えましたね……酷《ひど》い有様だったくせして」

「最近は気を付けているからな」

「それは見て分かりますけど、原因は私なので手伝います」

自分の部屋で保護すると決めたのは深月だし、そのおかげで大好きな唐揚《からあ》げにまでありつけた。短い間だったが、亜弥や白猫と過ごし、楽しい思い出も増えた。

それだけで十分な価値があり、原因を作った亜弥には逆に感謝している。

けれど、それを伝えても頑固《がんこ》な亜弥は聞きもしないだろう。

手伝いの申し出を受け入れ、亜弥が落ち着くまで深月も一緒になって白毛が落ちていないか探し始めた。

離れた場所で特に会話もなく、黙々《もくもく》と集めていればか細い声が耳に届く。

「……月代くん。昨日はすみませんでした。それと、先程《さきほど》はありがとうございました」

「何のことか分からないな。一之瀬にそう言われることってあったっけ？」

ある程度、察しはついているがとやかく言う気はなく、深月は俯《うつむ》いたままとぼけた。

そんな深月に、亜弥も顔を上げないまま続ける。

「きっと、あの子にさよならも言えなければ私は凄《すご》く後悔していたと思います。お別れは寂しいですけど、何も言えない方がもっと悲しいですから」

こういう時、どういう返事をすればいいのか分からず、深月は黙々と作業に没頭《ぼっとう》する。励《はげ》ますのも違う。かと言って、亜弥が感じている悲しみを分かったようにして話を盛り上げるのも無粋《ぶすい》だ。

友達が居なくても寂しさを感じさせなかった亜弥が明確に寂しいと言っているのだ。

そう簡単に口を開くことなんて出来やしない。

「だから、月代くんがもう一度会わせてくれたことに凄く感謝しています」

「……そうか」

ありがとう、と亜弥に感謝される時、深月の心は原因不明だが晴れた日の空模様のように曇りなくスッキリして、嬉しくなる。

けれど、今はそれがなかった。

寂しさや悲しみをひた隠《かく》すように無理に元気を出して、作り笑いを浮《う》かべる亜弥に深月はどうしたものかと頭を抱えた。


それから、しばらくの時間が流れた。

学校は、期末考査の期間に入り、慌《あわ》ただしい日々——深月には特に忙《せわ》しなくない日々が続いたがそれも今日終了《しゅうりょう》した。

その日の帰り道のことだった。白猫を見つけた公園で亜弥が一人、漕《こ》ぎもせずにブランコに座《すわ》っているのを深月が見掛《みか》けたのは。

あれから、亜弥の元気はずっとないままだ。

本人は隠しているのだろうが無理に笑う姿は見ている方の胸が痛むほどで空元気な姿を見せるくらいなら、いっそのこと笑ってほしくないほどだった。

だから、声を掛《か》けようか迷った。

見ていて気分を悪くさせられるなら、無視して帰る方が良いのかもしれない。

けれど、それも後《うし》ろ髪《がみ》を引かれるような気がして深月は公園に足を踏《ふ》み入れた。

「ブランコか。懐かしいな」

気さくな感じで二つある内のもう片方のブランコに尻《しり》を乗せる。

「また、あなたですか」

「お、久しぶりに漕いだら楽しいな」

呆《あき》れたような視線を向けてくる亜弥を無視して、深月はブランコを揺《ゆ》らす。

数分間、楽しんでいる間も亜弥は俯いたままキイキイと小さな音を立てるだけ。

明らかに落ち込んでいる。そんな姿を見て、深月は気分が悪くなり、声を掛けたのは間《ま》違《ちが》いだったと後悔してブランコから降りた。

「あー、楽しかった。久しぶりに漕いだら喉渇《のどかわ》いたよ」

「……そうですか」

「飲み物買ってくるけど、何がいい？」

「……別に、気にしないでください」

「手、ずっと握っていたら冷たいだろ。お裾分《すそわ》けの礼だから、お前が気にするな」

「……では、ココアでお願いします」

「あいよ」

公園を出て、近くの自販機《じはんき》でココアとコーンスープを購入して戻《もど》る。

亜弥の手が悴《かじか》んでいるかもと気遣って、プルタブを開けたココアを渡して座り直した。

「ありがとう、ございます」

そう言って一口分ココアを飲んだ亜弥の顔色はほんの少しだけ晴れた。

見届けてから、深月もコーンスープを飲もうと口を付ける前に亜弥が食いついた。

「コーンスープ……」

自販機のコーンスープが物珍《ものめずら》しいのか、じいっと見てきて飲みづらい。

「……飲んだことないのか？」

「ええ。飲みたくなれば――」

「分かった。作ってるんだろ。前にも聞いた、それ」

つまり、初めて見る自販機のコーンスープが物珍しく、興味津々《きょうみしんしん》らしい。

「……まだ口付けてないし、飲んでみるか？」

「わ、悪いですよ。ココアも頂いたのに」

「それだけ、羨《うらや》ましそうに見られたら飲みづらいって。ん」

差し出せば、亜弥は代わりにココアを差し出してきた。

「少し減っていますが、交換《こうかん》でいいのなら」

今度は逆に深月が受け取るのを渋《しぶ》った。

既に亜弥は口を付けていて、その上から飲む深月はどうしてもその意味を意識してしまう。亜弥には気にした様子がないが、もしかすると気付いていないだけかもしれない。

だとしたら、別に間接キスしたい訳ではないが亜弥に譲れるし交換しておいた方が得策だろう。決して、間接キスに釣《つ》られた訳ではないが。

「お、お前がいいなら俺《おれ》はいいよ」

情けなく声を震《ふる》わせた深月を亜弥が不思議そうに見ながら、互《たが》いの缶《かん》を交換する。

「わっ。意外とトウモロコシも流れてくるのですね」

一口飲めば、口の中に入ったトウモロコシの数に亜弥は驚いていた。

「蓋《ふた》タイプだからな。プルタブの方は飲み切るの無理。難しすぎていつも諦めてる」

「へえ……詳《くわ》しいのですね」

「寒い日はよく飲むんだ。外で飲むとなんかいつもより美味《おい》しい気がしてさ」

「……言っていること、分かる気がします。美味しいです」

コクコクと喉《のど》を鳴らしながら飲む亜弥を横目に深月はココアに視線を落とす。

――飲んでもいい、んだよな。

意識しないようにしても、どうしても亜弥の唇《くちびる》が脳裏《のうり》に浮かんでしまう。

――いや、迷ってる方が変だ。別に、好きでも何でもないんだからグビッといけばいいんだよ！

そう覚悟《かくご》して飲んだココアは通常の何倍も甘《あま》く感じられ、胸焼けを起こした。

おえー、と顔をしかめていればふいに声が届けられる。

「……何も、聞かないのですね」

「何が？」

「……どうして、私が公園に居たのか」

「え、テストが終わった解放感で遊んでたんだろ？」

「ち、違いますよ！　馬鹿なんじゃないですか⁉」

遊んでいないことなど、暗い表情を見ればお見通しだ。

けれど、続けたら暗い空気になりそうで、わざとふざけたことを言ってみた。

「テストが終わって、気を紛らわせることがなくなったから思い返していたんです」

いつもは、言いたそうにしていても呑《の》み込む亜弥が今日は吐き出すように吐露《とろ》する。

それほどまでして、気を紛らわせていたいのだろう、と深月は付き合うことにした。

「あいつのことか？」

「……はい」

誰《だれ》のことかは言われなくても分かり、深月はまだ明るい空を見上げた。

深月に対してもそうだが、亜弥は少し気にかけ過ぎる節がある。

言っちゃ悪いが、亜弥がそこまで気にかけなくても深月も猫も今すぐにどうこうなる訳じゃない。気にかけ過ぎて、自分を苦しめているなんて、それが優しさ故であっても馬鹿げているとさえ思う。

でも、それを伝えるのは傷心の亜弥をさらに傷付けそうで無理だった。

吐いた白い息だけが空に昇《のぼ》っては消《つ》えていく。

「お前がそこまで思い詰める必要ないんじゃないか。幸せに暮らしてるよ、きっと」

結果、深月に出来たのは誰でも言いそうな、当たり障《さわ》りのない証拠《しょうこ》もない励ましだけだった。

「不安なんです。あの子と私は境遇《きょうぐう》が似ていますから、ちゃんと幸せなのか」

遠い目をして呟《つぶや》いた亜弥の言葉は深月の体に電気を走らせるほど、衝撃的《しょうげきてき》だった。

——一之瀬は親に捨てられたから、あの場所で一人、暮らしているのか？

深月が一人暮らしをしているのは事情があって、自ら選んだからだ。

親に捨てられてではない。むしろ、両親はそんなこと死んでもやらない。

周りに見放され、両親の言うことも聞かずに無茶《むちゃ》をしていた時期だって、二人はいつも傍《そば》で深月を見守ってくれていた。

愛されていると強く感じて生きてきたからこそ、深月は親に捨てられた子が何を抱《いだ》いて生きているのか検討することさえおこがましいと思い、亜弥に対して口を開けなかった。

「すみません、余計なことまで言って困らせてしまいましたね」

口を滑《すべ》らせ過ぎたと思ったのか、亜弥は困ったように苦笑《くしよう》している。

——本当にそうだ。一之瀬は次から次へと俺を悩ませて困り事を増やしてくる。

けれど、深月にはそれらを解決してあげられないし、方法さえ浮かばない。

「月代くんの言う通り、きっと幸せに暮らしているでしょうから、もう気にするのはお終《しま》いにします。どれだけ、私が不安でもどうこうすることも出来ないですしね」

「……そう、だな。その方がいいな」

また空元気で作り笑いを浮かべる亜弥に深月の胸が苦しくなった。

——嘘しか言ってないじゃないか。そんな顔で笑うなよ、可愛くない。

異常に喉が乾燥《かんそう》し、ココアを一気に飲み込んだ。

あれだけ甘かったココアが今は酷く苦く感じた。

——俺が一之瀬に対して、してやれること。

それは、期末考査で出てきたどの問題よりも難しい問題だった。

答えのない問題に、期末考査が終わったというのにずっと頭を働かせ続けている。

しかし、土日の丸二日を犠牲《ぎせい》にしてもいい考えは浮かばなかった。

もういいかとも思った。料理の味に遜色《そんしょく》はないし、時間が経《た》てばそのうち元気にもなるだろう、と。

けれど、お裾分けを持ってくる時の無理して笑う亜弥を見れば、やはり放っておけなかった。

だから、気分を悪くさせたくなくて、深月は行動に移した。

アプリで日和の名前を探し、連絡《れんらく》を掛ける。日和はすぐに出た。

『もしもし？　深月が私に電話なんて珍《めずら》しいけど、どうしたの？』

「いつでもいいんだけど、安原に暇《ひま》な時間があれば一緒に来てほしい。二人に頼《たの》みたいことがある」

日和だけでなく、白猫の新しい飼い主になってくれた雫の名前まで出したのは、雫にしか頼めないことがあるからだ。

『あのさあ、深月。普通《ふつう》、頼み事するなら自分から赴《おもむ》くものなんだよ？』

「……悪いと思うよ。けど、明も必要だから一緒に頼む」

『……ん、分かった。雫に聞いてみる。後で、連絡するね』

いつになく、真剣《しんけん》な声音《こわね》だったからか日和もすんなりと頼まれてくれた。

通話を切ってしばらくしてから、雫はいつでも大丈夫《だいじょうぶ》だよ、との文章が送られてきた。

なるべく早い方がいい、と返事をすると、翌日の授業の合間に迎《むか》える一番初めの休み時間に会うことが決定した。


「安原の連絡先《れんらくさき》が知りたい。教えてくれ」

そうして迎えた四人が集《つど》った瞬間《しゅんかん》に、開口一番深月は頭を下げた。

「「ナンパだナンパだ。あの深月が朝っぱらから堂々とナンパしてる」」

「二人ともうるさい。黙れ。ナンパじゃない」

「これナンパじゃないんだ。こんな風に真っ直ぐ言われたの初めてでびっくりしちゃった」

「驚《おどろ》かせて悪い。けど、俺はどうしても安原の連絡先が欲しい」

「え、お前本当に深月か？　別人じゃないだろうな？」

「変な物でも食べて頭が可笑《おか》しくなってないよね？」

「月代くんってここまで心配されるような人なの？」

必死に頼み込む深月に困惑《こんわく》する雫と急にどうしたんだと心配し始める明と日和。

それもそのはずだろう。今まで、誰とも自分から連絡先を交換しようとしなかった深月が一度会っただけの女の子に執拗《しつよう》に頼み込んでいるのだ。正気を疑われても当然である。

でも、深月は至って真剣である。ただ、雫の連絡先が——というより、それによって得られるものがどうしても欲しくてたまらないだけ。

「いきなり言われて困らせているのは自覚している。けど、お願いだ」

「いいよ」

「なんなら、今度一週間お昼を奢《おご》るから——って、いいのか？」

あっさりと了承《りょうしょう》してくれた雫が意外で深月は聞き返した。

「うん、いいよ。交換しよ」

「たった一回会っただけなのに、教えてくれるのか？」

「何回も聞き返さなくていいよ。言ってきたのはそっちじゃん」

「そうだけど……」

自分から誰かの連絡先を聞くなんて初めてで、混乱する。こんなにも、あっさりとスムーズにいくものなのかと。

「あのね、雫。深月はこういうのに慣れてないから戸惑《とまど》ってるの。そんな簡単に信用して連絡先渡《れんらくさきわた》してもいいのかって」

「的確に心の中を代弁するな」

心の中を日和に読まれたのは癪《しゃく》ではあるが、深月の言いたいことは当たっている。

「なるほど。そういうことか～」

雫が微妙《びみょう》な表情を浮かべていた。分かったような、分からないような複雑な顔だ。

「確かに、月代くんって何しでかすか分からない人ではあるよね。体育祭の時とか、クラスでも結構話題になってたし。あの男子、やばいって。私も思ってたから、公園に現れた時も驚いてたんだ」

「そう、だよな。俺、クラスの団結を壊《こわ》しても何も感じない酷い奴だしな」

「でもね、遅刻《ちこく》してきたことを真っ先に謝れるし、猫のためにあそこまで真剣に頭を下げられる人なんだって思ったから、交換しても問題ないよ」

体育祭の一件で、悪く見られるようになることは覚悟していた。

教室に居ても、煙《けむ》たがれることは減ったが嫌《きら》われは続けている。

責任は自分にあるし、他人と関わるつもりもないから気にも留《と》めていない。

深月が勝手に起こした一人だけの戦いなのだ。周りからどんな風に思われようと構わないし、打ち明けるつもりもないし、抱えていく。

けれど、スマホを取り出して笑いかけてくれる雫に深月は気持ちが軽くなった気がした。

早速《さっそく》、先日亜弥と連作先の交換を行った時のことを思い返しながら、ＱＲコードで交換を済ます。

「ありがとう」

「ううん。それに、約束してたしね。うどんの写真見せるって」

「そんな約束した覚えはないんだが」

「えー、したじゃん。幸せそうにしてる写真見せるねって。忘れちゃったの？」

「え、うどんってまさかあの白猫のことか？」

「うん、そうだよ。白いからうどんって名前にしたんだ」

「そのまんまじゃないか。もう少し、何かなかったのかよ」

「いい名前だと思うし、うどんも気に入ってるんだよ？　呼んだらすぐに返事するし」

「それならまあ、うん、いいか。それで、良い写りの写真があれば何枚か欲しいんだけど頼めるか？　久しぶりに見たくなって」

うどんが喜んでいるのなら、可哀想な名前だとは思うけど深月には何も言えない。

「いいよ。ちょっと待ってね」と、雫が写真を探している間に明と日和にもお願いしようとしていることを伝えようとする前に日和から話を切り出した。

「それで、私に頼みたいことって？」

「放課後、買い物に付き合ってほしい。彼女《かのじょ》として」

「はあ？　私、深月の恋人《こいびと》になんてなるつもりないんだけど」

「分かってるから、そんな怖《こわ》い目で睨むな。偽《にせ》の彼女を演じてほしいんだよ」

「何？　どういうこと？　何を買いに行くつもりなの？」

「……猫《ねこ》のぬいぐるみ」

そっぽを向いた深月の声は羞恥《しゅうち》から物凄《ものすご》く小さくなった。

──恥《は》ずかしくて消えたい。

「私にプレゼントするつもり？」

「ちっげえよ。日和、言ってくれただろ。寂しくなってぬいぐるみが欲しくなったら買い物を付き合ってくれるって」

「本当に寂しくなったからぬいぐるみ欲しいの⁉」

「ああ、そうだよ。でも、一人で買いに行くのは流石《さすが》に恥ずかしいし、抵抗《ていこう》があるから日和に彼女役を演じてもらって、彼女へのプレゼントってことにしたいんだよ！」

もうやけくそだった。

本当にぬいぐるみを買ったところで自分の私物になる訳じゃないのにどうしてこんなに恥ずかしい思いをしなくちゃならないんだ、と。

息を切らし、頬《ほお》を赤くする深月に三人はゲラゲラと大爆笑《だいばくしょう》を始めた。

「みづきっちヤバいね。面白《おもしろ》過ぎるよ」と、雫には変なあだ名まで付けられた。

「い、一緒に行って、とびきり可愛いの教えてやれよ、ヒヨ。ぷぷっ」

「う、うん、そうする。なんか、深月可哀想《かわいそう》に見えてきたし。ぷぷっ」

「可哀想とか言っといて笑ってるんじゃねえ。無言で背中を擦《さす》るな！」

明と日和に背中をあやすように擦られて、物凄く悪寒《おかん》がした。

「それで、どこで買うか目星はつけてあるの？」

「一応は」

ひとしきり笑い終えた日和に聞かれ、ネットで調べておいた種類が豊富そうなお店をスマホで表示して見せる。

こういうのは女の子の方が詳しいと思うので、他に良いお店があれば教えてもらうつもりだ。

「ここなら、割りと近所だし今日の放課後にでも行く？」

「いいのか」

「いいよ。寂しくて深月に夜な夜な泣かれたりしたくないし、早い方がいいでしょ」

「くそ。頼んでる側だから引《ひ》っ叩《ぱた》けないのが悔《くや》しい」

「女の子に暴力するつもりなの。サイってー」

「俺は散々言葉の暴力で口撃《こうげき》されてるわ」

小学生が行うようなしょうもない言い争いをしていると、スマホに通知が届いた。

差出人は早速交換《さっそくこうかん》したばかりの雫からだった。

「写真、送っておいたから家に帰ったらまた見てね」

「ありがとう、安原」

「雫でいいよ。みづきっちとはもう友達なんだし」

「……あー、うん。慣れたらそう呼ばせてもらうよ」

――もう友達になったのか？　今日で会うの二回目なのに？

日和と同じように、すぐに名前呼びを許す雫にたじろいでしまう。

苦手なのだ、知り合って間もない女の子を名前で呼ぶのは。苗字《みょうじ》は余裕《よゆう》なのだが。

「放課後の件だって、私が付き合ってもいいよ？」

「それは、遠慮《えんりょ》する。何話せばいいのか分からないし緊張《きんちょう》するから」

せっかくの雫の提案を深月は丁重《ていちょう》にお断りした。

亜弥と出掛《でか》けた時も緊張したが、常に話題を考える必要がなく楽だった。

それは、亜弥が物静かで口数も少なく、お喋《しゃべ》りな方ではないから深月も必要なことや時々ふと浮かんだことで間を持たせることが可能だったからだ。

きっと、雫と出掛ければ話題は向こうが考えて、深月は返事するだけでいいだろう。

それはそれで、楽しいだろうしどうにかしてやり過ごせるはずだが、常に会話が発生している空間は心が落ち着かず、深月はあまり得意ではない。

ましてや、まだ二回しか会っていない女の子が相手である。日和の方がましだ。

「それだと、私には緊張する必要がないってことじゃん！　深月のくそ陰《いん》キャ！」

女子扱《あつか》いされなかった、とムキになった日和が背中をドスドスとグーパンで殴《なぐ》ってくる。

こういう、子供っぽい仕草や男子と変わらない接し方をしてくるから日和は女の子でも緊張しないのだが。

それを言えばまた怒《いか》りだしそうなので、深月は黙ってサンドバッグと化した。

こうして、放課後日和とデートすることが決まった。


深月が調べておいたお店は近所と言っても徒歩では行けず、電車に乗って向かった。

大きな都市ビルや商業が賑《にぎ》わう都会の町。綺麗《きれい》なお店が建ち並び、多くの人が行き交《か》う通りに目的の店はあった。

店内は女子高生や女子大生らしき女性客が多く、男性客はほとんどいない。

店員も女性ばかりで、深月は眩《まぶ》しい光景に目を細めながら付き合ってくれた日和に感謝していた。内心でだが。

「さっすが。ぬいぐるみ専門店。可愛いのいっぱいある！」

やはり、女の子は可愛いものに目がないのだろうか。付《つ》き添《そ》いの日和は目をキラキラと輝《かがや》かせながら、あちこちに目移りしている。

「知ってた感じ出してたけど、来たことなかったのか？」

「有名だから知ってただけだよ。この年になって、わざわざ電車乗ってまでぬいぐるみを買いにはなかなか行かないかな。欲しくなっても、ほんとの近場で済ませるし」

「……へえ。やっぱり、プレゼントとして貰《もら》っても嬉しくなかったりするのか？」

「その子にもよるけど、私は嬉しいよ。可愛いの好きだし」

「人それぞれってことか……」

とある元気がない女の子の姿を思い浮かべながら呟くと、日和が首を傾《かし》げた。

「ん、深月って自分に買うんだよね？　なのに、どうしてそんなこと聞くの？」

しまった、と口を滑らせたことに大きく後悔《こうかい》した。

これからのことを考えると身近にいる女の子にアドバイスを貰おうと質問してしまったが、そんな疑問を抱かれても当然だろう。早急《さっきゅう》に誤魔《ごま》化《か》す必要がある。

「もしかして好きな子でも――」

「ないない。あそこに居る客を見て、どうなんだろうって思ったから聞いただけ」

なんでも、恋愛《れんあい》に絡《から》めようとする日和が興奮気味に顔を覗き込《こ》んできたので深月は表情が崩《くず》れないように引《ひ》き締《し》めながら答えた。

じっと疑うように日和の丸い目が捉《とら》えてくるがポーカーフェイスは崩さない。

少しでも目を逸《そ》らせば、深月は片思いしている女の子にぬいぐるみをプレゼントしようとしていることになってしまう。

その通りではあるが、そこに恋愛的な好意はないので避《さ》けねばならなかった。

静かな戦いを繰《く》り広《ひろ》げていると、隣《となり》を通り過ぎた女子大生らしき二人組の笑い声が聞こえてきた。

「見つめ合って可愛いカップルだね～」

「私もあんな青春送りたかったなあ～」

誤解もいいところだ、と深月と日和は一斉《いっせい》に視線を逸らした。

「も、もう。深月のせいで変な誤解されちゃったじゃん。私にはアキくんがいるのに」

「さ、作戦成功だろ。そもそも、明からお前を奪《うば》って本当の彼女にするつもりなんて毛頭ないから堂々としてろ」

「当たり前でしょ。誰が奪われてやるもんですか。帰りに駅前のクレープ奢ってよね」

「着いた途端《とたん》も食べてただろ。太るぞ」

「冬はいいの！　ほら。さっさと欲しいもの探しに行くよ！」

ずんずんと歩き始めた日和の背中を追って、深月も各棚に陳列《ちんれつ》されたぬいぐるみを見ながら歩いていく。

犬やクマ、ジンベエザメやチンアナゴなど。豊富な種類の可愛らしいぬいぐるみが並んでいる。中には、クリスマスシーズンも近いということでサンタコスチュームに身を包んでいるものもあった。

男の深月でも、これ可愛いな、と楽しんで眺《なが》めていれば猫のぬいぐるみが置かれている場所を発見した。

「深月は猫がいいよね？」

「じゃないと来る意味ないからな」

「いっぱいあるけど、どれがいいとかあるの？」

「なるべく、うどんに似ているのがいいな」

「うどんに恋焦《こいこ》がれてるね。にしても、うどんって名前、もう少しどうにかならなかったのかな。大福とか」

「うどんも大福もそんなに変わらん。食い物から離《はな》れろ」

そんなことを言い合いながら白猫《しろねこ》を探していれば、うどんのように真っ白いさらさらとした毛触《ざわ》りのぬいぐるみを見つけた。部屋に飾《かざ》れば存在感を放つ大きさで人気商品なのか一つしか残っていない。

「決めた、これにする」

「お、いいんじゃない。可愛《かわい》いし、抱いたら気持ち良さそう」

「だよな。いい物が見つけられた。付き合ってくれてありがとう、日和」

「いいんだよ、お礼さえちゃんと渡《わた》してくれれば」

「はいはい。駅前のケーキな。今度、明と三人で行こう」

「帰りのクレープなかった流れにしてない？　なくならないからね？」

「分かってるって……ちゃんと奢るから」

「いえーい。ありがと、深月」

責任はお互いにあるはずなのに、笑顔《えがお》でおわびを要求する日和が調子のいい奴だと思う。だが、感謝しているのも変な誤解をされて申し訳ないと反省しているのも本当なので深月もちゃんと日和が望むことをするつもりだった。

「あ、そう言えばなんだけど。新しい飼い主見つかったって報告、一之瀬さんにした？」

突然《とつぜん》、亜弥の名前が出てきて深月の背中を冷たい汗《あせ》が流れた。何食わぬ顔で答える。

「したけど、なんでだ？」

「え、嘘《うそ》。いつの間に？」

「この前、明と三人で図書室でテスト勉強しただろ。その時、見掛けたから言っといた」

「へえ、ちゃんとしてるんだね。いやさ、一之瀬さん凄く心配そうだったから教えてあげたら安心するんじゃないかなと思って」

「良かったです、って胸に手を置いて安心してたぞ」

——まあ、大嘘《おおうそ》なんだけどな。

図書室で、明と日和が勉強するのに付き合ったのも、亜弥を見掛けたのも本当だ。けれど、話し掛けには行っていない。真剣にノートと向き合う姿を眺めていただけ。

「私に対する嫌がらせか？」

「は、おい。耳をつねるな」

「手を置けるほどの大きさじゃない私に対する宣戦布告か？」

「あれってそういう意味で作られた言葉じゃないだろ!?　ギブギブギブ」

力一杯《ちからいっぱい》耳を引っ張られ、早めに降参しておく。

「ほんと聖女様が羨ましい」と、耳を離した日和が叫《さけ》んだ。

「どういう逆ギレだよ……」と、深月は耳を擦りながら呆れる。

「だってさ、私はどれだけ勉強しても赤点回避《かいひ》がギリギリなのに、一之瀬さんはまた一位なんだよ」

「そりゃ、努力の量が違《ちが》うからじゃないか。お前の場合、勉強中もほとんど明とイチャイチャしていて集中してなかったし」

「だって、勉強嫌《きら》いなんだもん。楽しくないもん！」

「それで、聖女様に逆ギレするのは違うだろ」

「だから、集中力があって努力出来る一之瀬さんが凄いって羨んでるの！」

あとスタイルも、と付け足した日和を無視しておく。

きっと、亜弥は誰も敵《かな》わない並々ならぬ努力をしているからこそ今があるのだろう。

生まれ持っているものもあるはずだが、そこにあぐらをかいて怠《なま》けないからこそ、誰もが羨むようなスタイルや成績を維持《いじ》し続けられるのだと、放課後になると毎日図書室で勉強していた姿を見ていた深月は思うのだ。

だけど、周りはそんな風には思わない。

『当然のように一位で流石聖女様だよな』『いいよね、天才って。努力もしないで』

亜弥だから。一之瀬亜弥という女の子が聖女様だから。

そんな風に、聖女様だから当たり前だというレッテルを貼《は》って、結果は褒《ほ》めても努力していることは褒めない。

「まあ、次は少しでも聖女様みたいに集中して頑張《がんば》れ」

――うどんのことで悲しんでいるはずなのに、頑張っていたんだろうな。

貼り出された期末考査結果前の会話を思い出しながら、自分くらいは何か亜弥を労《ねぎら》ってあげられたら、と深月は思うのだった。


「一之瀬。これからちょっと時間あるか？」

「大丈夫、ですけど……？」

「なら良かった。見せたいものがあるから中に入ってくれ。外は寒いし」

いつもの時間にお裾分けを持ってきてくれた亜弥に深月は部屋に入ってもらい、ソファに座らせた。

その隣に腰《こし》を下ろせば、亜弥は何事ですか、と訝《いぶか》し気《げ》な眼差《まなざ》しを向けてくる。

そんな亜弥に深月は雫に送ってもらったばかりのうどんの写真を見せた。

「これ、あいつの写真」

すると、亜弥の目が大きく見開き、信じられないものを目にしたようになる。

「ど、どうしたのですか？」

「写真欲《ほ》しいって頼んで送ってもらった。お前も見たいんじゃないかと思ってな」

多くの写真をスライドさせれば、亜弥の目が輝く。それだけで、答えは読めた。

「名前だけど、うどんに決めたらしい」

「うどんって……もう少し他に何かなかったのですか？」

「だよな。俺もそう思う。けど、気に入ってるようで呼んだら元気よく返事するんだと」

雫から聞いた話を面白おかしく話せば、亜弥からは小さな笑《え》みがいくつか溢《こぼ》れた。

ゆっくり見たいだろう、とスマホを渡し、深月は自室に引っ込む。

亜弥に見つからないように隠しておいた、買ってきたばかりのぬいぐるみを入れた紙袋《かみぶくろ》を手にして、深呼吸を繰り返す。

——よし、作戦はばっちりだ。

何度も頭の中で企《くわだ》てた渡し方をシミュレーションし、リビングに戻った。

もう一度ソファに座り直せば、楽しそうに写真を眺めた亜弥が顔を上げ、深月が手にしている紙袋を捉えて首を傾げた。

「ん、お前にやる」

やや乱暴に、押し付けるように差し出せば、亜弥は困ったように眉《まゆ》をひそめた。

「あの……？」

「俺には余計な物だから貰ってくれ」

有無《うむ》を言わせない内に、亜弥の必要な肉しかない太腿《ふともも》にそっと乗せる。

もうお前のものだ、と態度で示せば亜弥は不安そうにしながら紙袋の中身を取り出した。

「……開けてもいいのですか？」

「好きにすればいい」

正直、目の前で開けられるのは中身を知っている身からすれば気恥《きは》ずかしくて家に帰ってからにしてほしいが、気に入ってくれるのかも不安なので耐《た》えるしかない。

彼女へのプレゼントとして、丁寧《ていねい》にラッピングされた袋《ふくろ》を丁寧に亜弥が開けて中身を露《あら》わにするまでの時間が異様に長く感じた。

「……猫？」

両手で抱き上げた亜弥は意外そうに大粒《おおつぶ》の日を丸くさせ、その場で固まりながらうわ言の様に呟いている。

「どうしたのですか、これ？」

「今日、サンタクロースから預かったんだ。この近所に住んでいる捨て猫を幸せにしてあげた心優《こころやさ》しい女の子に渡してほしいって」

「はっ？」

「ほんと、謎《なぞ》だよな。自分で渡せって話だし、そもそもまだクリスマスでもないのにとんだあわてんぼうのサンタクロースだよな」

「いえ、私が謎に思っているのはどうしてそんな分かりやすい嘘を話すのか意味不明なあなたです」

「え、お前、サンタさん信じてないの？」

「どういう意味ですか！　いないことくらい知っています！」

世間知らずの亜弥なら未《いま》だにサンタクロースを信じていると思っていたのだが、悲しいことに現実を把握《はあく》しているらしい。

——まあ、作戦に支障はないから問題ない。

馬鹿にされた、と頬を膨《ふく》らませて抗議《こうぎ》してくる亜弥に深月はもう一つ嘘を重ねた。

「まあ、サンタの件は嘘だ。本当はゲームセンターで景品として貰った。けど、俺には似合わないからさ、普段《ふだん》のお礼とまたテスト一位だった頑張ったご褒美《ほうび》も含《ふく》めてお前にプレゼントしようかなって。捨てるのもなんだし」

嘘を信じ込ませるために事前に嘘を重ね、次に本当っぽい話でデコレーションする。わざわざ、日和と買いに行ったことを話すつもりはない。

結局、この程度しか亜弥のことを元気付けられるかもしれない方法は思い浮《う》かばなかった。

なのに、嫌《いや》な奴《やつ》みたいに恩着せがましく話して、本当は嬉《うれ》しくないのに亜弥に気遣《きづか》わせて喜ばれて、また空元気な姿を見せられても気分が悪くなるだけだ。

だから、もし喜ばれるのなら自然にがいいし、必要ないことは伏《ふ》せておく。

――けど、これはどっちだ？

じっと黒い毛色の凛々《りり》しい顔付きのぬいぐるみを亜弥は口を堅《かた》く結んだまま見ている。

元々、亜弥の感情は読みづらかった。それが、時間を共有している内に何かあれば喜怒《きど》哀楽《あいらく》を表現してくれるようになり、普段はあまり変えることのない表情の変化にも少しは分かるようになってきたつもりだ。

けれど、今の気持ちはどうだろうか。

真顔の亜弥からは喜んでいるのか、いないのかがとても読みづらい。

失敗だったら、また別の方法を考えよう――程度にしか思っていなかったのに深月はどうしても不安になる。

――こういうのは苦手なんだよ。

異性にプレゼントを贈《おく》るなんて、小さい頃《ころ》に母親にしただけだし、聖女様と呼ばれる彼女にまさか自分がする事になるなんて思ってもいなかった。

日和は嬉しいと言っていたが、亜弥はそうじゃないかもしれない。

高校生にもなってぬいぐるみ、と呆《あき》れているかもしれない。

男からぬいぐるみを贈られても気持ち悪い、と引いているのかもしれない。

考えれば考えるほど、マイナスな思考ばかりが浮かんで深月は口を開いた。

「まあ、そんなに可愛くないしな。お前も気に入らないなら俺が処理するから遠慮なく言ってくれ」

気に入らないものを押し付けるつもりはないので好きにしてくれと言えば、亜弥が勢いよく顔をこちらに向けてきゅっと眉を寄せた。

「とっても可愛いです！　処理なんてさせません！」

「お、おう」

驚いた。物静かな亜弥が自分が馬鹿にされた時よりもムキになって大声を出し、守るようにぬいぐるみを抱きしめる姿に。

「でも、そんなに可愛くはないだろ？」

お店で手に取ったぬいぐるみを深月は買えなかった。

レジに持っていこうとすれば、幼稚園児《ようちえんじ》らしき女の子と母親がやって来たのだ。

どうやら、その子は深月が買おうとしていたぬいぐるみを欲しかったらしく、残っていないことに泣き始めてしまった。

その子に深月はぬいぐるみを譲《ゆず》った。

『良かったら、これどうぞ』

『……えっ。いいの？』

『うん、いいよ』

『そんな、申し訳ないです。彼女さんへのプレゼントですよね？』

『いえいえ。私は優ーしい姿の彼氏《かれし》が見られただけで満足なので、どうぞ』

『だって。あのお姉ちゃんもそう言ってるから君にあげる。はい』

『ありがとー、おにいちゃん。おねえちゃんも！』

『んーん。大事にしなきゃだからね。お姉ちゃんと約束』

『うん！』

『本当にありがとうございます』

『いえいえ』

物凄く親子に感謝されながら、二人を見送っていれば日和が小さな声で聞いてくる。

『本当に良かったの？』

一瞬、無視して自分の物にしようかと悩んだ。

いつも、自分より他人を優先する亜弥を思えば、深月は亜弥を優先するべきだった。

けれど、小さな女の子が泣いているのを見て見ぬふりして手に入れたものを亜弥は喜んでくれないのではと思ってしまった。

『いいんだ、あの子が笑ってくれるなら』

『それは、カッコつけすぎ。……でも、深月のそういうところ凄《すご》く優《やさ》しくていいよ』

『そうか。じゃあ、別の選ぶの手伝ってくれ』

そうして選んだのは白とは対になる黒い毛色をしたぬいぐるみだ。

初めに買おうとしていたのは可愛い系で、こちらは凛々しい顔付きからどちらかと言えばカッコいい系になるし、あまり気に入らないのではと危惧《きぐ》していた。

「……いいえ、とても。とても可愛いです」

だから、そんな風に呟く亜弥の趣向《しゆこう》に合っていたようで心底安堵《あんど》した。

と、同時に後悔もした。

ひたすら大切そうに抱きしめる姿は母親が我《わ》が子を慈《いつく》しんでいるように見える。

どこまでも穏《おだ》やかで柔《やわ》らかく、愛《いと》おしげのある表情に加えて、あどけなさも感じる無垢《むく》な微笑《ほほえ》みを浮かべるものだから、あまりの可愛らしさと美しさに深月は息をするのも忘れて見惚《みと》れてしまった。

恋愛的な好意はなくとも、聖女様と呼ばれるほどの美少女にこんな表情をさせているのが他の誰《だれ》でもない自分だと思うと否応なしに心臓が高鳴ってしまう。

淡白《たんぱく》だと自覚しているのに、亜弥を見ているだけで照れてしまい、手の甲《こう》を頬に当てれば普段より熱くて天を仰《あお》いだ。

――くそ、見るんじゃなかった。お前も、そんな顔、見せるなよ……。

悪態をついても亜弥が幸せそうに顔をぬいぐるみに半分ほど埋《う》めるのを止めはしない。

そんな子供らしい様子がまた愛らしくて、深月は変な声が出そうになるのをどうにかして呑《の》み込む。

「……大事にしてくれそうで良かったよ」

どうにかそれだけを言うと、亜弥は顔を上げて喜びを隠《かく》すように憂《うれ》いのマスクで顔を覆《おお》った。

「大事にはします。……ですが、何もしていない私が貰ってもいいのでしょうか？」

「そんなことはないだろ」

「いいえ、そんなことあります。結局、月代くんがあの子の面倒《めんどう》を見てくれたし、月代くんのお友達が新しい飼い主の方も見つけてくださいました。私は、何もしていません」

「お前は、捨てられて不安だったうどんを見つけただろ。頑固《がんこ》なお前があの場を動こうとしなかったから、今うどんは新しい家で生活しているんだ。お前のおかげだよ」

「ですが……」

「いい加減にしろ」

うじうじとしている亜弥を見ていられなくて、深月は我慢《がまん》の限界を迎えた。

「言っただろ。お前のおかげでうどんは今幸せに暮らしてるし、お前が不安になって心配したところでもう介入《かいにゅう》なんて出来ないんだよ。だから、気にするのはやめろ。気にして自分を苦しめるな」

まくしたてるように一気に言ってしまってから呼吸を整える。

怒《おこ》られていると感じているのか、亜弥は肩《かた》を丸めて縮こまっていた。

表情は暗く、今にも泣きだしてしまいそうな子供のようだ。

「それでも、不安になるって言うなら――」と、深月が続けると亜弥は顔を上げた。

呆れるほど、どうしようもない奴だ、と吐《は》き捨てられるとでも思っているのだろうか。

怯《おび》えて、体を小刻みに震《ふる》わせている。

そんな亜弥に深月は真《ま》っ直《す》ぐ伝えた。

「俺《おれ》が何回でもうどんの写真、見せてやる。会いたいって言うんなら、会えるように場を設けてやる。だから、俺に言え。無理して笑うな。笑うなら、可愛く笑え。無理して笑われたところで可愛くなんかないんだよ」

これは、深月の勝手な理想である。けど、亜弥にはそうであってほしいのだ。

これ以上、深月が昔のようにならないためにも。

かつては、何事にも熱を持って深月も接していた。勉強に運動、人助け。

けれど、いつまで経《た》っても報《むく》われず、ただ疲《つか》れてしんどい思いをするだけだった。

だから、人付き合いを遮断《しゃだん》し、余計な感情を抱《いだ》かないように排除《はいじょ》して休んでいる。

その今を崩したくない。その為《ため》にも、亜弥には傷付いたままでいてほしくない。

気付いていないだけで少なくとも、亜弥に元気がなかったら何かしてあげたいと思ってしまうほど、深月の中で大きな存在になっているから。

「……失礼ですね。以前は、あれだけ褒めてくれたのに」

「可愛くないのに可愛いって俺は褒めないだけだ。褒めてほしかったら前みたいに笑え」

「……別に、あなたに褒めてほしいとか思っていません」

潤《うる》み始めた目を隠すように亜弥はぬいぐるみに顔を埋めた。

そして、チラリと窺《うかが》うように深月に視線を向ける。

「……誰かから、こんな風にプレゼント貰うなんて初めてです」

「意外だな。お前みたいになれば、何も言わずとも毎日貢《みつ》がれてるもんだと思ってた」

「あなたの中で私はどうなっているのですか……」

「可愛い可愛い黒聖女」

「だから、聖女じゃ……って、なんですか、黒聖女って。これ以上、変な呼び名増やさないでください」

「毒舌《どくぜつ》で腹黒い聖女様だから、黒聖女。後、髪《かみ》がスゲエ綺麗な黒髪《くろかみ》だからってのもある」

ニヤッとイタズラ気に笑えば、亜弥はキョトンとしてから噴《ふ》き出すように笑った。

「なに、得意気な顔になって天才だろ、みたいな雰囲気《ふんいき》出してるんですか」

「実際、お前にピッタリ似合ってると思うんだけど、どうだ？」

「確かに、聖女様よりは好きですけど……それでも、失礼ですからね」

クスクスと笑う亜弥は実に愉快《ゆかい》そうだ。

「あなたのこと、嫌いです」と、いつものように言っているが楽しそうに目を細めていて、少しも嫌に感じない。

ひとしきり笑い終わると亜弥は温かい吐息《といき》をそっと漏《も》らした。

「普段から、プレゼントされることがあっても怖くて受け取らないだけです」

「やっぱり、されてるんじゃないか」

「知らない人や関わりのない人から突然渡《とつぜんわた》されるんですよ？　恐怖《きょうふ》でしかないし、自慢《じまん》にならないでしょう？」

「それは怖いな。下心がありありと透《す》けて見えて。けど、俺からのは受け取るんだな」

「下心があるのですか？」

「あるのはあるけど、お前が考えてるようなものじゃない」

「なら、このままありがたく頂きます。月代くんは怖くないですし、私が受け取らないとこの子が捨てられそうで可哀想だから」

だから仕方なくです、と付け足せば亜弥は満足そうにぬいぐるみに顔を埋めながら、こちらをそっと見上げてくる。

気の抜《ぬ》けた年相応のあどけない表情は非常に愛らしく、無意識のまま上目遣《うわめづか》いで見てくるので破壊力《はかいりょく》は抜群《ばつぐん》だった。

咄嗟《とっさ》に腕《うで》を伸《の》ばして頭を撫《な》でたくなるくらいに心が乱されて、深月は自然と伸びていた手を急いで引き戻《もど》した。

「……今更《いまさら》、返せだなんて言われても返しませんからね」

「言わねーよ」

幸いなことに、亜弥は深月のもどかしい気持ちには気付かず、ぬいぐるみを奪われないように抱《かか》えただけで済んだ。

ただ、それだけでも目を惹《ひ》くのだから美少女は恐《おそ》ろしい。

可愛いから見惚れていた、と言うのは恥ずかしいし、言ったところで怪訝《けげん》な視線を向けられるだけ。勝手に勘違《かんちが》いしてくれている方が助かるので、深月は肩を竦《すく》めて否定した。

「言っただろ。普段の礼と毎日勉強頑張ってたご褒美のプレゼントだって」

「……それなんですけど、どうして勉強していたと知っているのですか？」

「放課後、俺も友達と図書室に居たからな」

――まあ、明と日和が一緒《いっしょ》だったのは一日だけだけどな。

他の日は、元気がない亜弥が図書室に入るのを見掛《みか》けて、なんとなく後《うし》ろ髪《がみ》を引かれるような思いで吸い込まれるように図書室に足を踏《ふ》み入《い》れて、気付かれないように眺めていただけである。

「やはり、学校での勉強はしない方がいいですね。うどんの件で、家に居る方が集中出来ないからと居残りしましたが、あなたに見られているとは失敗でした」

「なんでだよ、頑張ってるの邪魔《じゃま》しなかっただろ」

「頑張っていると思われたくないのです。月代くんはないでしょうけど、ただ勉強しているだけなのに努力してますアピールだとか言われるんですよ。次からはもう何があっても家で勉強します」

「そんなこと言う奴はほっとけ。心が汚《よご》れ切ってるだけだからな。一位、おめでとう」

まさか、褒められるとは思っていなかったのか亜弥が石のように固まった。

そんな姿を不思議に思っていると、いきなり小さく亜弥が表情を緩《ゆる》めたので深月の鼓動《こどう》が大きく跳《は》ねる。

「……ありがとうございます、月代くん。元気、出ました」

「……そっか。なら、良かった。うん」

――これ以上は無理だ。

やんわりと笑顔を浮かべた亜弥に今日はドキドキさせられすぎて目を合わせられず、素っ気なく答えて深月はそっぽを向く。

心の中は雨上がりの空のようにスッキリしていた。

◇　◇　◇

「ふう」と、ベッドに腰を下ろし、亜弥は深月から貰ったばかりのぬいぐるみを眺める。

キリッとした瞳《ひとみ》の凛々しい顔付きは深月が言ったようにあまり可愛い方ではないが、亜弥にとっては物凄く可愛いものに見えている。

眺めているだけで、自然と頬《ほお》が緩みだすほどに。

「どこに飾ればいいんでしょう……」

部屋の中を見渡《みわた》してみる。

亜弥の部屋の中は殺風景で寂《さび》しい。同い年の女の子のように小物やぬいぐるみ、趣味《しゅみ》の物を集めて部屋に飾ったりするのが一切《いっさい》ない、必要な物だけを買い揃《そろ》えた面白味《おもしろみ》のない部屋だ。

まさか、深月からこんな可愛らしいぬいぐるみを貰うなんて思ってもおらず、どうすればいいのか頭を悩ませる。

――机の上？　ベッドの脇《わき》？　どこがこの子に一番似合うんでしょう？

じっと見つめながら、思案しているとあることに気が付いた。

お尻《しり》の部分にロゴマークが書かれた印が紐《ひも》で付いていた。タグである。

ゲームセンターに行ったことがない亜弥は詳《くわ》しくないが、そのロゴがどうにもゲームセンターの雰囲気とは合っていないような気がして、取り外しながら検索《けんさく》してみる。

「えっ?」と、出てきたお店のサイトに驚《おどろ》いて思わず声が出てしまう。

出てきたのはゲームセンターではなく、女性に大人気と書かれたぬいぐるみ専門店だ。

どうして嘘をついたんですか、とそのまま深月に電話したくなったがやめた。

嘘をついてまで、自分に渡そうとしてくれたんだとなんとなくそう思えたからだ。

自分では隠していたつもりでも、自分と似た境遇《きょうぐう》のうどんがどうしても心配で気が気でならなかった姿を深月は見抜《みぬ》いていたのだろう。

変なところで深月は察しが良いのだ。

——気に入りませんけどね……ちょっとしんどい時に、救われているのも事実ですけど。

だから、ぬいぐるみを貰って、褒められた時も凄く嬉しいと感じた。

「だからって、わざわざこんなお店まで買いに行かなくとも」

女性客が大勢いる中で、深月が一人であっぷあっぷしながら自分のために選んでくれたのかな、と姿を想像すれば顔が熱くなると同時に笑えてきた。

知られたくなさそうなので、見て見ぬふりをしてあげるが。

「本当に変な人です」

本来なら、亜弥は深月と関わるつもりなんてなかった。

初めて深月が隣に引《ひ》っ越《こ》してきた日、同い年位の男の子に親近感を覚えた。

けれど、彼が家族と仲睦《むつ》まじくしている姿を目にして、羨《うらや》ましくて嫌いになった。

どうして、同じ一人暮らしなのに自分とはこんなにも違っているんだろう、と。

だから、勝手に壁《かべ》を築いていたし、同じ学校だと知った時は絶対関わらないで済むように極力避けることも考えていたし、もし声を掛《か》けられても無視してやろうと決めていた。

よく男子から好意を向けられることも気付いていたし、お隣だからそれを理由に近付かれたらどうしようと不安で警戒《けいかい》もしていた。

だけど、半年が経っても彼からはそんな気配が一切なく、アパートですれ違っても目も合わせないし、なんなら向こうから視線を逸らして避けるようにしてくるから、少し油断していたのかもしれない。

体調が優《すぐ》れない時に階段で足を踏み外し、助けてくれた彼に怪我《けが》を負わせてしまった。

最悪な気分だった。

彼と関わりを持ってしまったこと。何より、他人に迷惑《めいわく》を掛けないように生きてきたのに迷惑を掛けてしまったことが自分を叱責《しっせき》したいほど嫌だった。

とにかく、助けてもらったお礼をしなくてはと現金を渡そうとした。

これだけあれば満足してくれるだろうと思っていたのに受け取ってくれない。

何か良からぬ命令でもされるのかと構えれば、関わらないでほしいとのこと。

本当に彼は何を考えているのか分からない人だった。

恩を重ねて、いつかとんでもないことでも要求してくるのかとも考えた。

「……まあ、月代くん曰《いわ》く、全部私の自意識過剰《かじょう》だったらしいのですけど」

それでも、あの時は関係を遮断するために怪我の手当てを名乗り出たし、利《き》き手《て》が負傷していたため、治るまでの間の食事の面倒を見た。

ここまでされたら文句も他の要求も言えたもんじゃないな、と思ってもらうまで関わって、それで終わろうと思っていたのに――。

「どうしてだか、私の方が声を掛けてしまったんですよね」

彼相手には不安になっていたこと全部、皆無《かいむ》だったと思えてもどうしても不安は断《た》ち切れなかった。

「だ、だって、いきなり……す、好きとか言ってくるし……ま、まあ？　それも、単なる私の早とちり？　だったんですけど！　……でも、どうして言われ慣れている言葉なのにあんなに取り乱してしまったんでしょう……？　分かりません」

だから、自分のために……後、彼の食生活があまりにも酷《ひど》くて見ていられなかったから声を掛けて、今日までずっと関わってきたのだと思う。

「……いいえ、そうしているのは月代くんが相手だから、ですよね。たぶん……」

一度、彼から友達になろうと遠回しに言われた時、裏切られた気分になった。

そんな風に思われていないと信じていたのに、結局近付こうとしていただけなのかと。

男性が苦手で嫌いだし、そもそも友達になろうと真剣《しんけん》に言われたことなんて初めてでどうすればいいのか分からなかった。いつも、さり気なく関わりを持とうと近付かれていたから。

だから、緩めていた警戒心《けいかいしん》をもう一度強く結び直し、距離《きょり》を置いた。

そしたら、彼も嫌な気分になって、溝《みぞ》が出来た。

元々の関係に戻っただけなのに、胸の中がモヤっとしていて変な気分だった。

それでも、このまま終わるなら、結局自分には人付き合いなんて高度なこと、出来ないんだったと思い知るだけだった。

「なのに、月代くんは寄《よ》り添《そ》ってくれたんですよね……自分を犠牲《ぎせい》にしてまで」

こんな女の子、嫌になって近付きたくなくなるのが当然なのに彼は寄ってきてくれた。

「嬉しかっ……や、優しいですよね、ほんと。憎《にく》たらしい時の方がほとんどですけど」

そして、今日。初めて叱《しか》られながら、プレゼントを渡された。

「……ちゃんと目を見て叱ってくれる人なんて初めてです」

いつも、ただそこにいるだけで叱られていた。理不尽《りふじん》な幼少期だった。

だから、彼が声を大きくした時は思い出して凄く怖《こわ》かった。

けれど、真っ直ぐに目を見てくれて、優しい声音《こわね》で心から相手を思っているのだと伝わってきて途中《とちゅう》からは少しも怖いとは感じなかった。そもそも、叱られているとか、怒っているとか、そんな気もしなかった。

「って、この子をどこに飾ろうか考えていたはずなのにどうして月代くんのことばかり浮かんでくるのですか。決められないじゃないですか。邪魔しないでください。嫌いです」

脳裏《のうり》に浮かんでくる深月の残像をかき消すように手で追《お》い払《はら》う。

けれど、ぬいぐるみに視線をやれば、また嫌なことを言って苛立《いらだ》たせるけど嫌いになり切れない深月の姿が浮かんできた。

「これはきっと、この子の目が少し月代くんと似ているからしゃしゃり出てくるのです」

そうに違いないと決めつけて、このまま悩んでいても埒《らち》が明かないと今日は胸に抱いて眠《ねむ》ることにした。

一緒に布団《ふとん》に入れば、体温はないはずなのに一人で居るよりもずっと温かく。

「……おやすみなさい」

ポカポカした気分で夢の中へと亜弥は落ちていった。唇《くちびる》に微《かす》かな月を描《えが》きながら。

エピローグ

「ご飯は炊《た》くなって連絡《れんらく》きた時は訳が分からなかったけど、こういうことだったのか」

翌日、いつもの時間に持ってきてくれたお裾《すそ》分《わ》けを亜弥《あや》から受け取って呟《つぶや》く。

今日のは、いつもの入れ物はどこにも見当たらなく、真新しい形の物。

「これ、もうお裾分けじゃなくて手作り弁当だな」

亜弥から渡されたのは、二段重ねの弁当箱だった。

中身は見えないので分からないが、亜弥が手を抜くとも思えないので手料理が多いだろうと深月《みづき》は手間を取らせたのではないかと申し訳なくなる。

「流石《さすが》に、お金を払わせてくれ」

「結構です。中身は二段とも白米ですから」

「嘘だろ？」

「冗談《じょうだん》です」

「真顔で言うな。一瞬、信じただろうが」

「私がそんな酷いことするとでも？」

「しそうだから怖いんだよ」

「へーえ。そうですか。ふーん」

「あ、いや。嘘だ。ちゃんとおかずと分けてくれるって信じている」

慌《あわ》てて訂正《ていせい》すれば、亜弥は可笑《おか》しそうに手で鼻を隠しながらクスクスと笑う。

――今日はやけにテンション高いな。

普段から、表情をあまり変えない亜弥だが今日は間違《まちが》いなく気分が高揚《こうよう》していると、彼《かの》女《じょ》の姿を見ながら確信する。

――うん、俺が見たかった良い笑顔《えがお》だ。

表情の差なんて、よく見ていないと気付けない。亜弥の場合は特にだ。

けれど、今の亜弥は空元気で無理していた時と大差ない笑顔だが、ちゃんと心から笑っている気がした。

そんな彼女を嬉しくなって眺《なが》めていれば、すとんと当たり前のように腑《ふ》に落ちた。

――俺、こいつにはずっと笑っていてほしいんだ。こっちの事情とか抜きで。

どうして、そんな風に思ったのか不思議だ。冗談が成功して亜弥は笑っているだけ。

そんな些細《ささい》なことでも、亜弥が笑っているのが深月にはとても嬉しく感じた。

からなかった。

「な、何じっと見てきてるんですか……」

笑っている亜弥を穴が開くように見つめてみても、頬を赤く染められただけで理由は分からなかった。

落ち込《こ》んでいる人が近くに居るのが苦手だからか。

お裾分けを貰《もら》っても、胸が満たされないのが嫌だからなのか。

笑っている姿がとても可愛《かわい》らしくて見ていて嬉しくなるからなのか。

改めて、色々と思い当たる理由を浮かべても疑問は深まるばかり。

「いや、こんないい物貰って悪いなあって。結局、普段の食費の話とかも出来てないし」

「別に、気にしなくてもいいのですよ。そんなに高い食材は買っていませんし」

「けど、こんな店で売れそうなレベルの物を無償《むしょう》で貰い続けるのはな」

「これに関しては、特別です。絶対に、お返しされても何も受け取りません」

「なんでまた、そんな頑《かたく》なに」

「……昨日、色々としてくれたお礼です。本当に嬉しかったですから」

少しだけ恥《は》ずかしいのか、チラチラと気にするように亜弥がこっちを見ては明後日《あさって》の方を見る、を繰《く》り返《かえ》す。

そんな微笑ましい姿を見せられたら、深月としては黙《だま》って受け取るしかなかった。

「……分かった。大事に食べるよ」

「ゆっくりしすぎて腐《くさ》らせる前に食べてくださいね。保温機能付きですけど、早く食べないと冷めてしまうのでご注意を」

「まじか。こうしてのんびり話してる場合じゃないな。ありがとな、これ」

会話もそこそこに急いで帰ろうと扉《とびら》に手を掛ければ、後ろからクイッと引っ張られる。振《ふ》り返《かえ》れば、亜弥が服を親指と人差し指で弱々しく掴《つか》んでいた。

「冗談だったのですが……そんなに作り立ての方が良いのですか。私との時間よりも……」

「この前の唐揚《からあ》げを思い出すとどうしてもな。あれは本当に美味《おい》しかった……」

思い出しただけでよだれが出そうになっていると亜弥の頬がパンパンに膨らんでいた。

「それなら、食費折半で作りにきてあげますよ！」

「ええっ⁉」

「嫌なのですか？　出来立ての方がいいのでしょう？」

「そりゃ、願望漏らしていいなら温かい内に食べたいけど……悪いだろ」

「別に、何も悪くないですけど。むしろ、渡《わた》しに来る手間が省けますよ」

どうして亜弥がムキになっているのか深月には皆目見当《かいもくけんとう》もつかない。

だから、冷静に。世間一般的《いっぱんてき》な当たり前のことを口にする。

「でもさ、付き合ってもない男の家で料理するって不安にならないのか？」

「あなた相手にそんなことは必要ないですよね。二日、私は無事でしたし」

どうやら、深月相手に身の心配は不要らしい。

そこまで、信頼《しんらい》されているのは嬉しいが男として見られていないようで複雑な気分だ。

でも、あの唐揚げのように出来立ての料理をすぐに味わえる生活は喉《のど》から手が出そうなほど憧《あこが》れる。

しばらく悩んでから、深月は甘《あま》えることにした。

「食費折半ってのはこっちが多めに払わせてもらうとして……本当にいいのか？」

「ええ、いいですよ。私から、提案したんです。一緒に食べようじゃありませんか！」

「じゃあ……よろしく頼《たの》むよ」

急展開過ぎて頭が追い付いていないが、これから亜弥と共に食事をするらしい。

――こんなこと、あの頃の俺に言ったたって信じないよな。

関わるはずがなかった亜弥と関わり始め、まだ二ヶ月も経っていない。

亜弥のことはまだまだ知らないことばかりだ。

気にもなるし、亜弥には笑っていてほしいから知りたい気持ちもある。

けれど、自分から深くは踏み込まない。

これまでと、生活は大きく変わっても距離感は変わらないままでいるように気を引《ひ》き締《し》め直した。

その中で、この関係が続く間は亜弥には可能な限り笑っていてほしい。

「明日から、期待していてくださいね。腕によりをかけて作りますから」

明るく笑顔を浮かべながら腕を曲げる亜弥を見て、深月は思わずにはいられなかった。

――一之瀬《いちのせ》のことを幸せにしたい。幸せの数だけ、たくさん笑ってくれるはずだから。

了《りょう》

あとがき

初めまして。ときたまと申します。

この度は本作『黒聖女様に溺愛されるようになった俺も彼女を溺愛している』を手に取ってくださりありがとうございます。

今作はWebサイト『カクヨム』と『小説家になろう』で公開していたのが、光栄なことにHJ小説大賞2021前期にて受賞したことにより書籍化する形になったものです。

書籍化するにあたり、なるべく大筋の内容は変えないようにしながら一から書き上げました。Webでお付き合いくださっていた方達にも楽しんでもらえたら幸いでございます。

あとがきといっても何を書けばいいのか分からないのでこのお話を書くようになったきっかけでも書こうと思います。

このお話を書くようになったきっかけは自分が読みたかったから、が大きいです。

一対一の関係で、主人公とヒロインが少しずつ距離を縮めていく。昨今、よく見る関係性のものですが、ここはこうしたいな、ここはああしたいな、と思うことがあります。それならWebだと自由だし自分で書けば、という思いから始まりです。
だから、好き勝手に自分が満足するためだけに書いていました。
そんな作品が、ちょうど開催されていたHJ小説大賞に応募したことでこうして書籍になるとは夢にも思っていませんでしたし、既視感もあるであろうこのお話で本当に大丈夫なのかと凄く心配にもなりました。こうして書籍として世に出せていることなので担当編集含め、認めてくださる方達が居るんだと思いながら頑張ってます。

さて、一巻時点ではまだ名もない関係性の深月と亜弥ですがいかがだったでしょう。読み終えて「全然溺愛してないじゃん。タイトル詐欺」と思われた方もいるかもしれません。すいません。すぐに恋人の距離感と変わらない関係にしたくないのです。関わりのない状態から、相手を知っていって、友達になって、ゆくゆくは……にしたいのです。なので、タイトル詐欺ではないのです。信じてください。

ここからは謝辞を。

担当編集のK様。書籍化という未知のお話で右も左も分からない私に丁寧に説明してくださりありがとうございます。また、沢山の応募作から今作を選んでくださり本当にありがとうございます。好き勝手書いていたお話がこうして無事に書籍に出来たのは間違いなくK様のおかげです。今後ともよろしくお願いいします。

イラストを担当してくださった秋乃える様。うっすらと浮かんでいるイメージを言葉足らずでお伝えしたにも関わらず、大変魅力的に仕上げてくださりありがとうございます。聖女様としての亜弥と黒聖女様としての亜弥を繊細な違いで表現してくれたことに感服しています。色々な表情の亜弥が送られてくる度に嬉しくなってニヤニヤしておりました。髪の右側が輝いているのが個人的お気に入り部分です。今後ともよろしくお願いいたします。

そのほか、HJ文庫の皆様、校閲様、この本を出版するに携わってくれた関係者の皆様、大変厚く御礼申し上げます。また、Webからお付き合いしてくださっている皆様、今作を手に取ってくださった皆様、本当にありがとうございます。

こうして一冊の本を世に出せたのは関わってくださった皆様のおかげです。ありがとうございました！

それでは、また皆様にお会い出来ることを願って楽しみにしています。

HJ文庫毎月1日発売！

EVE —世界の終わりの青い花—

著者／佐原一可
イラスト／刀 彼方

預言の未来を変えるため、
予言の巫女イヴが《新世界》を翔ける！

未来都市《新世界》は演算機として密かに人類の未来を計算し続けていた。未来方程式の解の出力端末として生み出された十二歳の少女・イヴ。何も知らないまま未来の映像の断片に悩まされていたイヴだったが、ある事件に巻き込まれ宇宙へ遭難してしまう。人類の未来を担うイヴは果たして生還することが出来るのか？

発行：株式会社ホビージャパン

HJ文庫 https://firecross.jp/
1047

黒聖女様に溺愛されるようになった俺も彼女を溺愛している1

2022年11月1日　初版発行

著者――ときたま

発行者―松下大介
発行所―株式会社ホビージャパン
〒151-0053
東京都渋谷区代々木2-15-8
電話　03(5304)7604（編集）
03(5304)9112（営業）

印刷所――大日本印刷株式会社

装丁――AFTERGLOW／株式会社エストール

Printed in Japan

ISBN978-4-7986-2987-2　C0193

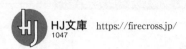